U0684420

王镇远 著

亦狂亦侠亦温文

龚自珍的诗文与时代

天津出版传媒集团

天津人民出版社

图书在版编目（CIP）数据

亦狂亦侠亦温文 : 龚自珍的诗文与时代 / 王镇远著
. -- 天津 : 天津人民出版社 , 2020.1
　　ISBN 978-7-201-15728-3

　　Ⅰ . ①亦… Ⅱ . ①王… Ⅲ . ①龚自珍（1792-1841）
- 诗歌研究 Ⅳ . ① I207.2

中国版本图书馆 CIP 数据核字 (2019) 第 288724 号

亦狂亦侠亦温文：龚自珍的诗文与时代

YIKUANG YIXIA YIWENWEN: GONGZIZHEN DE SHIWEN YU SHIDAI

出　　版	天津人民出版社
出 版 人	刘　庆
地　　址	天津市和平区西康路 35 号康岳大厦
邮政编码	300051
邮购电话	（022）23332469
网　　址	http://www.tjrmcbs.com
电子信箱	reader@tjrmcbs.com

责任编辑	李　荣
装帧设计	周　彧

印　　刷	北京金特印刷有限责任公司
经　　销	新华书店
开　　本	880 毫米 × 1230 毫米　1/32
印　　张	8
字　　数	256 千字
版次印次	2020 年 1 月第 1 版　2020 年 5 月第 1 次印刷
定　　价	48.00 元

感谢您选购领读文化图书

打开微信扫一扫

收听《亦狂亦侠亦温文：龚自珍的诗文与时代》有声书

·读书是件好玩的事·

| 序 |

一九八九年香港中华书局来上海组稿，委托金性尧先生主编一部名为《诗词坊》的小书，每种十万字，意在通过作品的评析来介绍中国古典诗词，给读者在茶余饭后增添些许诗意和情趣。

记得金先生约了我们六七人在他家里聚会，一是讨论选题，二是每人领写一种。说到古典诗词，自然首推唐诗、宋词，上溯《诗》、《骚》、汉魏、两晋、南北朝，下及元、明、清三代，所以这套书中有覆盖一个时代的，如杨明兄的《南朝诗魂》；同时也遴选出诗史上一些重要的诗人，一册专就介绍一位诗人的作品，如史良昭兄的《浪迹东坡路》就是单谈苏轼诗词的。我以为如要在不到十万字的小书中选若干作品而囊括一代诗风，实在有"鹭鸶股上不胜下刀"之感，所以就领了一种专谈龚自珍诗词的选题，因为就当时的文学史研究状况而言，有清一代可与李、杜、苏、黄比肩的诗人似乎仅龚氏一人而已，所以就有了后来《诗词坊》中的《剑气箫心——细说龚自珍诗》。

《诗词坊》的写法是不拘一格的，性尧先生持很开放的态度，意在打破盛行于时的"鉴赏"陈式——释意、串讲、评析。行文的方式可以声东击西，触类旁通，任作者不设边际地"开无轨电车"，所以写起来比较随心所欲，不过细心的读者大概还是可以看出时代的痕迹。

《诗词坊》的作者当日大多正值中年，现今大凡都是专家、教授、博导，其中前辈如金性尧、周黎安先生自然已作古人。最可叹息的是赵昌平兄，因悼亡而悲伤哀毁，竟撒手人寰，令吾辈痛失良友。

去年春节前，不意梁由之先生打来电话，说有出版社有意重新出版这本小书，我自然也乐意有机会再将此书奉呈给新一代的读者。《剑气箫心》这个书名，虽然出于龚自珍自己的诗词中，但不少人单看书名，会错以为是一部新武侠小说，因而趁新版之际更换一个较明确的书名。初版的时候，校对未精，借此次机会重新校阅一过，以期尽量减少一些差错。

今年正逢己亥，离龚自珍写下他最广为流传的《己亥杂诗》已整整三个甲子。时光流转，物换星移，作为文化的传承和历史的遗产，龚自珍的诗犹有其熠熠发光的地方。读其诗，可折射出时代，让我们了解中国进入近代时期的诸多社会现象，知识分子的忧患与彷徨；读其诗，也可想见其人，定盦的真率、幽默、博洽、机敏，甚而至于他的陋习、弊病，都在诗中表现无遗。我的这本小书，若能引导读者走进那个时代和诗人心灵的话，也就不失我当年写它的初衷了。

王镇远

二〇一九年九月

目录

Contents

剑气箫心说定盦

　　龚自珍（1792-1841年）是中国近代思想的启蒙者与古典诗史的殿军。他初名自暹，字爱吾，更名易简，字伯定，又更名巩祚，字璱人（亦作率人），号定盦，晚年又号羽琌山民。他出身于书香门第，著名的古文字学家段玉裁即是他的外祖，祖父与父亲都曾为朝廷或地方官吏，母亲也是一位诗人。然而家世并没有给他带来好运，定盦于十九岁中顺天乡试副榜，二十七岁再中举人，开始进入官场。他对自己的前途充满希望，然而在此后的十年中他屡应进士试而不第，考军机章京也落选，直至道光九年（1829年）才勉强考上三甲第十九名进士，然朝考因楷书写得不好而被抑置，仍未得到器重。曾任内阁中书、宗人府主事、礼部主事祠祭司行走等低级的文官。道光十九年（1839年），他终于下决心辞官出京，在归途中写下了著名的《己亥杂诗》，两年以后，他暴死在丹阳云阳书院讲席的任上。

定盦的一生是在矛盾中度过的。他生当清王朝由盛转衰的时期，国家的危机、现实的忧患在他心中激起了不息的波澜。他虽是生于官宦之家、长于繁华之地的贵公子，然而一生沉沦下僚，郁郁不得志，因而无论在思想上还是个性中，甚至在他的文学创作里，都有着亢奋激昂与低沉哀婉两个方面。这两个方面用定盦自己的话来说就是"剑气"与"箫心"，当他晚年回顾自己一生时，他说：

> 少年击剑更吹箫，剑气箫心一例消。
> 谁分苍凉归棹后，万千哀乐集今朝。

这首《己亥杂诗》是他在四十八岁时辞官南返时所写，他以击剑与吹箫来概括少年时代狂侠的豪爽之气与悱恻的怨抑之情，极形象地展现了他前半生的经历。其实定盦至死也没有摆脱这种心理与个性，因而剑与箫成了他生平思想及艺术创作的象征，他自己也反复指出过这种特征，如他在二十一岁时写的《湘月》一词就说：

> 天风吹我，堕湖山一角，果然清丽。曾是东华生小客，回首苍茫无际。屠狗功名，雕龙文卷，岂是平生意？乡亲苏小，定应笑我非计。

才见一抹斜阳，半堤香草，顿惹清愁起。罗袜音尘何处觅？渺渺予怀孤寄。怨去吹箫，狂来说剑，两样消魂味。两般春梦，橹声荡入云水。

这是诗人第一次婚后与夫人段美真双双回故乡杭州，泛舟西湖时所作，小序中自云："述怀有赋。"可见正是他心迹的表露，然而其中已透露出思想的矛盾。他留恋于湖山的清丽，士人生活的风流，因而有了"屠狗功名，雕龙文卷，岂是平生意"的慨叹，然而诗人也并没有忘却建功立业。从湖畔埋葬着的南朝名妓苏小小"应笑我非计"中看，可知他正汲汲于功名，因而唯恐有负佳人与山水。"怨去吹箫，狂来说剑"，正形象地揭示了他内心的矛盾与他生活的两个侧面。因而此词一出，他的朋友洪子骏题词序曰："龚子璱人近词有曰：'怨去吹箫，狂来说剑'二语，是难兼得，未曾有也。"并填了一首《金缕曲》送定盦，其中有句云："侠骨幽情箫与剑，问箫心剑态谁能画？"可见时人已十分重视他诗中箫与剑的意象。

在传统的中国诗中，"剑"往往象征慷慨激越、报国从军的雄心，如屈原的《国殇》中写那些为国捐躯的英雄："带长剑兮挟秦弓，首身离兮心不惩。"令白的"抚剑夜吟啸，雄心日千里"（《赠张相镐二首》），李益的"雄剑匣中鸣"（《夜发军中》），都以"剑"来表示其壮志豪情。"箫"则象征着文人的不平之鸣，往往被用来抒发个人郁郁不得志的情怀。箫声呜咽悲凉，正像诗人哀怨的吟哦之声，如杜甫说："横笛短箫悲远天。"（《城西陂泛舟》）苏轼著名的《赤壁赋》中写洞箫之声："如怨如慕，如泣如诉，余音袅袅，不绝如缕。"都以箫声为哀怨的象征。

在定盦笔下，剑与箫也代表了慷慨激昂与柔情旖旎两个方面。据张祖廉的《定盦先生年谱外纪》中说："先生广额巉颐，戟髯炬目，兴酣，喜自击其腕。善高吟，渊渊若出金石……与同志纵谈天下事，风发泉涌，有不堪一世之意。"可见他凌厉飙发的豪气；又说他年少时"尝于春夜，梳双丫髻，衣淡黄衫，倚阑吹笛，歌东坡《洞仙歌》词，观者艳之"。说明他自幼便有高谈纵论与浅吟低唱的双重人格。因而当他步入仕途之后，曾有很高的抱负，"少年揽辔澄清意"（《己亥杂诗》），"功高拜将成仙外"（《夜坐》），便是他这种志向的表露，犹如奋发的"剑气"，直冲牛斗。然而面对着黑暗的官场，沉闷的政治空气，他一次又一次地失望，于是力求使自己激荡的心情平静下来，以放浪形骸来摆脱尘世的烦扰，甚至欲以逃禅戒诗求得心理的安宁，"中年百事畏重论"（《寒夜读归佩珊夫人赠诗》），"美人经卷葬华年"（《逆旅题壁次周伯恬原韵》），就是这种心态的纪录，犹如一曲低沉的箫声，呜咽悲恸。因而定盦一方面以天下为己任，纵论国家兴亡之计；一方面选色谈空，以风怀与禅悦自娱，这在他的诗中时时可以见到。他时而长歌当哭，愤世嫉俗；时而赏花观月，恬然自得；时而关心国事；时而栖心山林；时而怜香惜玉，沉溺于恋情之中；时而欲割断情缘，忘却风怀；时而钻研儒学，潜心经史；时而皈依佛教，归心空门；时而思如泉涌，心潮起伏；时而清夜独坐，杜绝诗思。总之，他徘徊在人生的进取与颓唐之中，在豪迈的剑气与悲凉的箫心中走完了他的人生之途。一部定盦的诗词便是他思想历程与心灵轨迹的纪录。

定盦诗的风格，也表现出雄奇如剑客的壮阔豪迈，哀怨如箫声的低回婉转两种倾向。他形容自己的诗情"来何汹涌须挥剑，去尚缠绵可付箫"（《又忏心一首》），他慨叹人才的难得说："气寒西北何人剑？声满东南几处箫？"（《秋心三首》）他回首往事说："沉思十五年中事，才也纵横，泪也纵横，双负箫心与剑名。"（《丑奴儿令》）都以剑与箫对举，代表了庄与媚、刚与柔的两种审美情趣。因而在他自己的诗中，既有斑斓变化、瑰丽谲怪的色彩，也有天然率真、淡宕清新的风致；既有掀雷挟电、磅礴浩汹的气势，也有回肠荡气、哀感顽艳的情韵。因而后来南社诗人姚锡均曾评定盦的诗云："艳骨奇情独此才，时闻謦欬走风雷。"（《论诗绝句》）也指出他的诗既有艳丽的一面，又有雄奇的一面。总之，定盦的作品可谓亦刚亦柔、亦壮亦美的典型，一言以蔽之：是剑气与箫心的结合。

| 从观心到忏心 |

定盦不仅是诗人，而且是善于探索心理奥秘的思想家。他的诗中有不少直接反映自我心智的作品，特别是在他受到佛教天台宗的影响之后，此种倾向更鲜明地表现在他的诗歌创作中。天台宗重在心悟，它的创始人是生活在陈、隋之间的僧人智颛，他以为世界的万事万物都是由人心中生出的，"一念心即可生三千大千世界""三谛俱足，只在一心"，因而心是他们修行觉悟的关键。他们提倡定慧双修，就是要通过禅定和义学来达到涅槃之境，一旦心能静默下来，就可祛除俗像，排除一切烦恼，就像良医的一帖主方，能总摄诸方，得此便一切病孽顿除。定盦笃信天台宗，故也以反观内心为觉悟之途。他有《观心》一首云：

结习真难尽，观心屏见闻。

烧香僧出定，诈梦鬼论文。

幽绪不可食，新诗如乱云。

鲁阳戈纵挽，万虑亦纷纷。

  这首诗写在嘉庆二十五年（1820年）。一方面，定盫面对着日趋危机的社会现实，深感"天下兴亡匹夫有责"，革新时政、振兴民族的责任感时时感召着他，这表现在他众多的诗文之中，常常令他思绪万千，心潮如涌，难以安宁；另一方面，他深受佛理熏染，颇欲皈依佛教，以此求得心态的平衡，排除一切障碍，达到澄澈明净的境界。在这种双重思想的驱遣与矛盾之下，定盫便有了"观心"的思想经历。

  "观心"本是佛教天台宗所提倡的修炼方式，智颛提出"止观论"，"止"就是禅定，指由坐禅而进入到一种静心息性的境界；"观"就是指由内心观照而求得悟解。由"止观"可达半睡眠（入定）、但又不完全熟睡（痴定）的精神境界，心中既空无所有，又若有所思，类似一种梦的境界。智颛的遗嘱中曾说过一个伙夫的故事：某寺的伙夫偷听到说法，在烧火时注视着火烧薪柴，心里想到生命无常也如火之焚薪，于是他蹲踞在灶前，寂然入定，火灭锅冷，乃至入定数日才醒过来，遂与上座诉说经历情形，愈说愈深奥，直到上座也不能解。这就是天台宗所崇尚的由止观入涅槃的境界。观心的方法便是通向这种精神境界的途径,《大乘义章》中说:"粗思曰觉,细思名观。"可知观心也就是细细地反省内心。

定盦试图屏除尘世间的俗缘而反观内心,但自己的积习难改,虽然有时如焚香入定的老僧心绪平静,然而有时又如梦中喧哗,如众鬼论文,可见他内心的出世与入世之情时时在交战。诗人的幽情单绪难以泯灭,诗思也如出岫的乱云飞奔激荡,纵有回天的力量,也无法将自己纷乱动荡的思绪平静下来。定盦有意学佛观心,然其结果往往事与愿违,一腔对现实的萦系之情无法抑制,文思诗情每每如八月钱江之潮,骤然而至;如烈风暴雨,迅猛异常,扰乱了心灵的安宁。他虽然心仪佛理,然而始终难以登堂入室,也许是因他俗缘太重,终未能脱略世情而超然物外。

在《观心》之后定盦又作《又忏心一首》,表示了更深的忏悔,但一种无可奈何的悲悯于此可见:

佛言劫火遇皆销,何物千年怒若潮?
经济文章磨白昼,幽光狂慧复中宵。
来何汹涌须挥剑,去尚缠绵可付箫。
心药心灵总心病,寓言决欲就灯烧。

正由于观心而未能得到平静,于是他更欲以焚毁诗文作品来求得解脱，诗中既有无限的悔恨，也表现了对黑暗现实的强烈谴责。

佛家以为自然界的生灭，须经历成、住、坏、空四个阶段，在坏劫中，世界发生大火，能使天地万物化为灰烬，即称为"劫火"，劫火可销毁一切，但诗人心中那种莫可名状的思想却如怒潮汹涌不能平息。尽管自己力图以佛家的观心寂灭之理去抑制它，但也无济于事。经邦济国的文章消耗了他白昼的生命，而种种奇异的思绪又乘着夜间涌上心来。它们来势汹涌，无法按捺，激励起自己仗剑报国的雄心壮志；一旦退去，犹留下缠绵不尽的余思，像是箫声的余音绕梁，有待诗歌去表现。

这六句其实只是写自己的心态，一种不能遏制的思想在他心中激荡，长久地折磨着他。无论什么医治心病的灵丹妙药，或是什么聪慧灵敏的智慧都无法使他解脱，造成了他心灵的疾病。"心药"二字本也出自佛典，《秘藏宝钥》中说："九种心药，拂外尘而遮迷。""心药"即指佛家的教法，意谓可以以此来医治种种心中的烦恼，这里也泛指诗人谋求心绪平静的疗救之方。而"心灵"则指诗人的慧心，《隋书·经籍志》上说："诗者，所以导达心灵，歌咏情志者也。"故也借以指抒写心灵的诗文创作。这些创作只是令诗人思绪万端，烦闷不已，因而他决心将此付之一炬。以"寓言"指自己的诗文，正因为这些文字中有着深刻的寓意，凝聚着自己的思想。

诗所以题为"忏心",是因为诗人在此表示了深深的悔恨,然与其说他悔恨自己心潮的起伏不宁,毋宁说他愤恨这人世的不平与弊病。诗虽然写的仅是自我的心理状态,而其中自有强烈的愤懑与悲怆。如果我们也像作者那样追问:"何物千年怒若潮?"其答案自然可以追溯到诗人对现实的感愤上去。可知定盦从"观心"到"忏心"是一条充满着苦涩的思想之路,他意欲逃禅,而那灾难深重的社会现实令他频频回首,不能忘情于世,这些诗便是他矛盾心理的自我表露。

定盦以这类刻画心理的诗作展拓了传统诗歌的内容,以诗去描绘思绪,追踪心灵的历程,甚至探索自己潜在的意识,这正是定盦诗中现代意识之所在吧。

戒诗与破戒

　　历来反对作诗的人各有各的原因。唐代诗人李贺的母亲不准儿子作诗，是因为李贺每天背着锦囊、骑着弱马出门觅诗，以致呕心沥血，如痴如狂，唯恐作诗而耗费他年轻的生命，后来李贺以二十七岁的青春年华而离世。宋代的道学家以为道是天下一切事物的根本，而作诗害道。程颐说："既学诗须是用功方合诗人格，既用功甚妨害。古人诗云：'吟成五个字，用破一生心。'又谓：'可惜一生心，用在五字上。'此言甚当。"（《河南程氏遗书》卷十八）因而他们也劝人戒诗。至如清初的古文家方苞，据说年轻时也爱作诗，当时的大诗人查慎行见到他的诗后说："君诗不能佳，徒夺为文力，不如专为文。"于是方苞终身戒诗不做，遂成就了他一代文章家的声名。可见作诗有害身、害道、害文等等弊病，所以历来提倡戒诗的代不乏人，然而如龚自珍这样戒而复作、作而复戒的实在罕见。

　　定盦的天赋禀性不乏诗人气质，但他为什么要屡屡戒诗呢？这还得从他的思想与生活中去寻找答案。定盦一生的戒诗主要有两次，第一次在嘉庆二十五年（1820年）秋，他二十九岁时。这一年他第二次参加会试落第，以举人选为内阁中书，然未就职而南归，诗人的思想处于消沉的低谷，同时他又对佛教萌发了兴趣，如在前一年写的诗中就有"梵史竣编增楮寿，花神宣敕赦词精"（《梦得"东海潮来月怒明"之句，醒，足成一诗》）的句子，而这一年写的《驿鼓三首》中也说："书来恳款见君贤，我欲收狂渐向禅。"可知他颇有学佛逃禅的打算。逃禅的目的是"收狂"，即力求泯灭脑海中的幽情丽想，使得自己易于奔腾激动的心平静下来，排除纷沓的思绪，向禅悦中去求心灵的解悟和超脱。正是在这种思想的驱遣下他有了第一次的戒诗，其《戒诗五章》之一说：

> 百脏发酸泪，夜涌如源泉。
>
> 此泪何所从？万一诗祟焉！
>
> 今誓空尔心，心灭泪亦灭。
>
> 有未灭者存，何用更留迹？

　　诗情在夜深人静之际突然涌上心头，如风雨骤至，如源泉喷射。

定盦的《观心》中说"幽绪不可食，新诗如乱云"，《又忏心一首》中也说"经济文章磨白昼，幽光狂慧复中宵"，都指自己的诗思如潮，每每于夜间向自己袭来，破坏了心理的平衡，令他肝肠欲裂，泪流不止，因而定盦发誓要以杜绝写诗来空寂自己的心源。

诗为心声，诗人深明作诗需要激情，需要灵感，因而免不了心潮的起伏与激情之奔动，要使心如枯井、泯灭一切杂念，自然宜戒绝作诗。诗人以为一旦心中寂灭，泪水也就停止了；即使还有未驱逐尽的杂念，又何必以诗去记下它的痕迹呢？

这种思想自然与定盦的学佛有关，他皈依佛教中的天台宗，天台宗大师智顗在《法界次第观门》中说："心心寂灭，自然流入大涅槃海。"这就是定盦欲以戒诗走向空寂心灵而达到自我超脱的理论根据。他学佛得自江沅（铁君）。道光三年（1823年），他在北京写给江沅的信中说自己的佛学"自见足下而坚进"，而他在戒诗之前有《铁君惠书，有玉想琼思之语，衍成一诗答之》，其中说："不须文字传言语，玉想琼思过一生。"显然深受佛家禅宗不立文字、不落言筌的影响，这种影响启自与江沅的交往，因而定盦非但以诗为无用之物，而且以为是造成自己心烦意乱的根源。

然而定盦的这次戒诗并不成功，第二年夏天他便破戒重又作诗，而且一发不可收，到了道光七年（1827年），他选录了自己七年以来所作的一百二十八首诗，编为《破戒草》，又选录了五十七首，编为《破戒草之余》。然而，他于同年又再次提出戒诗，其《自春徂秋，偶有所触，拉杂书之，漫不诠次，得十五首》中之一曰：

戒诗昔有诗，庚辰诗语繁。
第一欲言者，古来难明言。
姑将谲言之，未言声又吞。
不求鬼神谅，矧向生人道？
东云露一鳞，西云露一爪。
与其见鳞爪，何如鳞爪无？
况凡所云云，又鳞爪之余。
忏悔首文字，潜心战空虚。
今年真戒诗，才尽何伤乎！

定盦强调了文字的无意义，其原因首先在于难以畅所欲言。言不由衷，宁可毋言。此时他的心情更趋恶劣，“四海变秋气，一室难为春”“中年何寡欢，心绪不缥缈”，时事的暗淡令他心中也郁郁寡欢，他深感清政府推行文字狱的残忍与血腥，故欲缄口不言，“守默守雌”，所以说：“第一欲言者，古来难明言。”他想以隐晦曲折的方式来表达自己的思想，然未能开口已悲从中来，语不成声了。其次，他以为文字只能一鳞半爪地记录思想，所谓"言不尽意""辞不达意"就是这个意思，因而与其支离破碎，不成片段，宁可空白一片，三缄其口了。定盦认识到要彻底地自我改悔，首先就宜戒诗，专心一意地走入空虚中去，他表示真的不再作诗了，即使被人视为江郎才尽，也无所顾忌。这种思想也由于他深受佛学影响，他的《破戒草》的最后一首是《扫彻公塔诗》，这是他去北京西直门外红螺寺祭扫近代净土宗大师彻悟禅塔而作的，可见他欲以对佛学思想的皈依来结束他的诗歌创作，其中说："吁嗟小子，闻道不迟。造作辨聪，百车文词。电光暂来，一贫无遗。不可捉搊，倏既逝而。"佛家所谓的彻悟如电光般迅疾而通明，自己虽有百车文辞，然与此相比则如一贫无遗，于是他深感文辞之渺乎其微，这便是他又一次戒诗的原因。

定盦在第二次戒诗后的十余年中确实尽量克制自己的诗情，作诗很少。然而到了道光十九年（1839年）辞官出都时却大开诗戒，一连写了三百一十五首七绝，这就是著名的《己亥杂诗》，其第一首中云："著书何似观心贤，不奈尼言夜涌泉。"说明他虽然知著书不如学佛观心，然自己却按捺不住内心的激情，静夜扪心，万般思绪如暗泉喷涌，这正是他再一次破戒为诗的原因。定盦没有忘情于时事，只是由于对佛学的倾心使他缄默，现实的黑暗使他无言，然而当他一旦离京南返，便无所顾忌了，他说"百年书成南渡岁，先生续集再编年"，表明了南归后不愿停笔的决心。

定盦一再的戒诗与破戒，说明他在学佛与尘缘间徘徊，他想逃入寂灭虚静的禅理中去，以静默来表示对时事的抗争，以沉寂躲避黑暗势力的迫害。然而，他终于未能摆脱尘缘，对于现实的龌龊与弊病不能保持沉默，他心中激荡的诗情也时时冲动，所以铸成了他终身的困扰和不安，从他的戒诗与破戒中，正可了解定盦一生思想的矛盾。

| 借轮回讽世情 |

定盦受佛学的影响很深，因而他的诗中也不时出现因果报应、生死轮回的说法。然而，他一方面欲信从佛学，一方面未能忘情于世，徘徊在人生苦闷与学佛遁世两者之间，如他关于转世的两首诗中，即借了佛教轮回之说而针砭世情，表示了自己积习难改、留恋文字的心情。先来看《邻儿半夜哭》一首：

邻儿半夜哭，或言忆前生；

前生何所忆？或者变文名。

我有一箧书，属草殊未成。

涂乙迨一纪，甘苦万千并！

百忧消中夜，何如坐经营？

剪烛蹶然起，婢笑妻复嗔；

万一明朝死，堕地泪纵横。

此诗的构思十分巧妙，诗人听到邻居之儿半夜的哭声，这本来是一件极寻常的事，却在诗人心中引出了无限的联想与感喟。借佛家轮回转世之说，抒发了对人间不平的抗争之声。

据说释迦牟尼独坐在菩提树下于冥想之中悟出了人生的真谛，这就是苦、集、灭、道的四圣谛。他相信人的灵魂不灭，灵魂在死生中轮回，然而生与死同样都是无边的苦海，因而佛学的最终目的在于超脱生死，求得寂灭涅槃的境界，可见佛教的基础是承认人生的痛苦，《正法念经》说人生有十六苦，而《五五经》减了一半，还剩八苦，这八苦中的头一项就是生苦。所谓生苦是指人死后精神游荡不定，寻找替身，到了三七日父母和合，便来受胎，在母亲腹中时，母噉一杯热食，灌其身体如入镬汤；母饮一杯冷水，亦如寒冰切身；母饱之时，迫迮其体，痛不可言；母饥之时，则饥肠辘辘，亦如倒悬。到了足月将生的时候，头向产门，剧痛如两石峡山，一旦呱呱坠地，草蓐触其细肤，如刀刺剑割，于是失声大哭。在佛教徒看来生是一场大苦，而婴儿的痛哭便是这种大苦的表现。

定盦对邻居婴儿的半夜啼哭却做了新的解释，他以为婴儿的哭泣也许是想到了自己的前生，而前生之所以可悲，是因为曾致力于文字而一事无成。这只不过是全诗的一个引子，诗人的真正目的是要引出自己对著书生涯的感慨。"我有一箧书"以下极言自己的呕心沥血，所谓"涂乙迄一纪，甘苦万千并"云云，令人想起脂砚斋评《红楼梦》中的"字字看来皆是血，十年辛苦不寻常"，定盦的作诗著文也是如此。他自己说，有时百感交集，彻夜不眠；有时拍案叫绝，妻孥哂怪，可见他确以整个身心投入到了文字的写作中去，简直到了如痴如醉、废寝忘食的地步。然而他十余年的辛苦换得的只是一箧文稿，没有知音赏识，更没有人为其刊印于世，于是清夜扪心，倍感凄楚。结二句说："万一明朝死，堕地泪纵横。"归结到邻儿夜哭的题目上去，意谓自己如果就此死去，将来转世投胎，一旦堕地也将号啕大哭。定盦所哭的正是自己呕尽心血而以文字消磨一生的悲剧，没世而声名不立的哀伤。可见他并未超脱世情的羁绊，由邻儿夜哭而枨触起的悲哀正是基于自己的失意与忧患。

定盦似乎还仅仅停留在佛教四圣谛中"苦谛"的认识上，而未能进入所谓的"集谛"——以业为苦的正因，烦恼为苦的助因，从而走向寂灭无为的"灭谛"与"道谛"的境界，而这正是定盦之所以能成为伟大的思想家和文学家，而未能成为高僧和佛学大师的原因，他的"一箧文稿"在近代中国成为开创一代风气的作品，就因为他的一腔热情未尝泯灭，他那呕心沥血、"语不惊人死不休"的创作精神导致了他的成功，这种对理想的坚毅执着的追求还表现在他的另一首涉及轮回的诗中：

> 臣将请帝之息壤，惭愧飘零未有期。
>
> 万一飘零文字海，他生重定定盦诗。

这首诗的题目为《飘零行，戏呈二客》，诗共二首，这是其中之一。它以调侃诙谐的笔墨写出，故称"戏呈"，另一首中有"一客高谈有转轮，一客高谈无转轮"的话，可见他与朋友们正讨论着佛教的轮回之说，所以定盦也顺着这个话题发表了自己的看法。诗意说，我本打算请求赐予一块可以止息的土地，却一直漂泊四方，不知何时是终期。万一飘零到文字的孽海之中，便只能以作诗撰文终此一身，假如有所谓"轮回"的话，即使到了来生，也将再作诗人，重操旧业，编订我前生所写的诗章。

定盦实是借题发挥，他并不着意于来生之有无，而只是借了佛教关于生死轮回的话头来说明自己一生与文字结下了不解之缘，正因为如此，使他终身漂泊不定，无息身之所。"息壤"本是传说中自己会生长的泥土，鲧治水时曾以此来堵绝洪水，而定盦把它称作理想中的乐土，但他终于不能达到那乐土，而飘零在尘世的孽海中。定盦曾两次戒诗，旋即又不得不开戒，说明他心中的激情未能平息，他甚至表示即使有来世的话，自己还将继续写诗编诗，可见他对人世和诗文创作的留恋与执着的追求。

佛教以为芸芸众生都在无边的苦海之中，《华严经》中说："众生漂游诸有海，忧难无涯不可处。"定盦的一生漂泊于人生的苦海之中，未能忘情于世，故也未能戒绝文字，而略带讽刺意味的是，他借了佛家的轮回之说表现了自己未断俗缘的入世精神。

| 儒但九流一 |

定盦的思想是儒、佛、道兼容的，他自幼攻习儒家经典，后来深受今文经学派的影响；他中年学佛，尤倾心于净土宗、禅宗、天台宗等；他对仙道典籍也相当熟悉，这在他的诗中随处可见，由于这种学问上的驳杂，因而他并不像当时的理学家那样笃守儒教，而视儒学为一种哲学思想，他在《题梵册》中说："儒但九流一，魁儒安足为？"就概括地说明了他对儒学所抱的态度，他以为儒学与十家九流一样，不过是古代先哲的一种学说，没有什么可让人特别尊奉的地方。由于这样的思想，他对儒家往往取挪揄的态度，如《己亥杂诗》中的一首云：

少为贱士抱弗宣，壮为祠曹默益坚。

议则不敢腰膝在，庑下一揖中夷然。

这首诗写在己亥年（1839年）十月北上迎接眷属时途经曲阜孔庙所作。孔庙的大成殿内正中供孔子之位，两旁为四配（颜回、曾参、孔伋、孟轲）、十二哲（闵损、冉雍、端木赐、仲由、卜商、有若、冉耕、宰予、冉求、言偃、颛孙师、朱熹）的塑像。大成殿前东西两庑，则从祀孔门弟子及儒家历代的贤哲。哪些人可以入两庑，完全是由各朝的统治者所决定的，如清代，东庑从祀的有公孙侨以至邵雍等人；西庑则有蘧瑗以至陆世仪等人，定盦对这些人则颇有不屑之意。诗后的小注云："两庑从祀儒者，有拜有弗拜，亦有强予一揖不可者。"

定盦在这里用了调侃的笔墨讥讽那些号称大儒的人们，他说自己少年时即怀抱大志，然不轻易表露；中年居京为部曹，更不便说出自己的观点。这里他暗示了对那些历来被统治者奉若圣明的人自少年时代即有不同的看法，只是藏在心中没有表现出来。所以当他如今来到孔庙的时候，对这些两庑从祀者固然不便妄加议论，但心中却未必敬服，所以说腰膝还是可以自由支配的，不必磕拜，只要对他们作一个揖就心安理得了。

定盦在这里对"圣贤大儒"的轻慢，实际上体现了他对各代统治者凭个人意志把某些不合格的人抬进孔庙的不满，他对孔子本人还是佩服的，他在朝拜孔庙时写的另一首诗云：

少年无福过阙里，中年著书复求仕。

仕幸不成书幸成，乃敢斋祓告孔子。

自注云："曩至兖州，不至曲阜。岁癸未，《五经大义终始论》成；壬辰，《群经写官答问》成；癸巳，《六经正名论》成，《古史钩沉论》又成，乃慨然曰：可以如曲阜谒孔林矣。今年冬，乃谒林。斋于南沙河，又斋于梁家店。"他对自己于儒家经典所作的研讨颇为自负，"仕幸不成书幸成"，就说明了此种心理，对孔子的崇敬也于此可见。但他只是把孔子视为一位先哲，而没有视为圣人，这在他的《以"子绝四"一节题，课儿子为帖括文，儿子括义云："天地不仁，以万物为刍狗；圣人不仁，以天地为刍狗。"阅之大笑，成两绝句示之》一诗中可见，诗是这样写的：

造物戏我久矣，我今聊复戏之。

谁遣春光漏泄，难瞒一介痴儿。

造物尽有长技，死生得丧穷通。

何物故他六物？从今莫问而翁。

所谓"子绝四"，就是指《论语》中说的："子绝四：毋意，毋必，毋固，毋我。"这是孔门弟子对孔子的称赞，以为孔子没有下列四种毛病：不悬空揣测，不绝对肯定，不拘泥固执，不唯我独是。总之，是说孔子顺乎自然，不生造出一番道理，也不固执己见。当定盦以此为题令其子作八股文时，根据八股文的要求，其子即以"天地不仁，以万物为刍狗；圣人不仁，以天地为刍狗"来概括《论语》的意思。这两句话其实是改了《老子》中"天地不仁，以万物为刍狗；圣人不仁，以百姓为刍狗"中的两个字。老子的意思是说：天地并没有仁爱之心，只是听任万物自生自灭；圣人也没有仁爱之心，只是听任百姓自生自灭。定盦之子以此来解释孔子的"绝四"，意谓圣人本没有创造万物的机心，所以鄙视天地造化。定盦对这个解释十分赞赏，放声大笑，便写下了这两首诗。

定盦以为"圣人不仁，以天地为刍狗"的话是人对造物的戏弄，尤其是出自一个少年的口中，正有点揶揄的意味，他无意中道出了一个真理，所以定盦称此为"春光漏泄"。造化的力量无非在"死生得丧穷通"六个方面，而人之所以能应付此六者就在听其自然，所以定盦以为儿子已悟通了大道，从今以后不必再求教于自己了。

这两首诗用了六言的句式，有一种轻快自然的节奏，与全诗调侃戏谑的基调很契合，定盦之子以老子之语释《论语》，可见他们父子离经叛道的思想倾向，而诗以圣人之行为嬉笑的对象，正体现了定盦的勇气与幽默。

| 夜的馈赠 |

对于诗人来说,夜深人静之时往往是诗思泉涌之际。一切现实人生中的悲欢离合,一切潜意识中的哀乐之情都会在深夜来叩诗人的心扉。如阮籍的《咏怀诗》中说:"中夜不能寐,起坐弹鸣琴。"杜甫也有"中夜起坐百感集"(《乾元中寓居同谷县作歌七首》之三)的句子。定盒在诗中也反复表现过这种心境,如他的《又忏心一首》中"经济文章磨白昼,幽光狂慧复中宵";《戒诗五章》中"百脏发酸泪,夜涌如原泉";又其《自春徂秋,偶有所触,拉杂书之,漫不诠次,得十五首》中"匣中龙剑光,一鸣四壁静;夜夜辄一鸣,负汝汝难忍""长夜集百端,早起无一言"。

道光三年(1823年)的春天,定盒第四次参加会试落第,在一个宁静的夜晚，他久久地独坐在窗前，百感交集，于是写下了两首名为《夜坐》的七律：

> 春夜伤心坐画屏，不如放眼入青冥。
> 一山突起丘陵妒，万籁无言帝座灵。
> 塞上似腾奇女气，江东久陨少微星。
> 平生不蓄湘累问，唤出姮娥诗与听。

> 沉沉心事北南东，一睨人材海内空。
> 壮岁始参周史席，髫年惜堕晋贤风。
> 功高拜将成仙外，才尽回肠荡气中。
> 万一禅关砉然破，美人如玉剑如虹。

这两首诗由自己的落第而想到科举考试制度对人才的摧残，因此一方面表现了自己希望天降奇才，打破"万马齐喑"的沉闷空气；另一方面也借此表明自己对功名利禄的淡泊与崇高的志向。

定盒放荡不羁的个性与指责时弊的议论显然为某些当政者所不容，并受到一些碌碌无为的平庸之徒的猜忌。他于前一年写的诗中就有"贵人一夕下飞语，绝似风伯骄无垠"（《十月廿夜大风，不寐，起而书怀》）的话，可见他曾抵触权贵，遭人中伤，所以这两首诗中也隐约地流露出受人嫉恨的事实。"春夜"两句就有自我排遣之意，劝自己不必于春夜枯坐，黯然神伤，而宜敞开胸襟，放眼青冥。"一山突起丘陵妒，万籁无言帝座灵"两句寓情于景。那耸然屹立的高山受到众多小丘的嫉妒，显然比喻自己遭到庸俗之辈的猜忌；夜空中万籁俱寂，只有帝座星高悬天际，显示出它凌然不可侵犯的威灵，也暗示了在清廷的高压政策下人们钳口不敢言的沉闷局面。这两句既契合夜中所见，又有明显的象征意义，所以成为定盦诗中的名句，后来康有为的《出都留别诸公》中"高峰突出诸山妒，上帝无言百鬼狞"就是化用定盦此句而来。在如此压抑沉闷的空气之中，即使本来人才辈出的江南地区如今也已如少微星已经陨落的一片夜空，阒无声息。因而诗人将希望寄托在塞外边远地区，《汉书·外戚传》中说："武帝巡狩，过河间，望气者言，此有奇女，天子亟使使召之。"定盦这里的"塞外似腾奇女气"即袭用其意。表现了自己希望有奇才出现，而这样的奇人未必在京都或人文荟萃之处，而往往出现在山林偏僻之地，这正与他《尊隐》一文中表现的思想相一致。第一首的最后两句说，自己虽然对现实深怀不满，然而不愿像屈原那样提出许多问题向苍天发问，而意欲将自己的心事写成诗章，在这春夜独坐之际吟诵给月中的嫦娥去听。

第二首即续"唤出姮娥诗与听"而来，抒写了自己的心事。诗人的失意并不在个人的成败得失，而在于天下四方之忧，他尤其感叹人才的匮乏。定盦到了中年才以举人任内阁中书，后任《清一统志》校对官，算是忝列史官之职，然而他自少年以来即染上了如晋代文人那样无视礼法、指责时政的习气。其实，他也并不断断于出将入相或修炼成仙，而意在有益于社稷国家。然而人到中年，功业未就，只能将自己的才华消耗在回肠荡气的诗词之中了。但诗人的心中并没有失去希望，诗的最后说，束缚人才智的关卡一旦被打破，那么人便能实现自己的抱负，剑也能气贯长虹。可见诗人叹息人才的匮乏意在指责社会对人才的压抑与限制，一旦樊笼被冲破，定然能出现英雄人物。

这就是令诗人深夜久久不能平静的思绪，他自己形容这种思绪说："来何汹涌须挥剑，去尚缠绵可付箫。"可见它们每每在诗人心中萦回。如我们稍稍留心定盦的诗集，便会发现他于夜间所作的诗占相当大的比例，如《寒夜读归佩珊夫人赠诗，有"删除苍筐闲诗料，涮洗春衫旧泪痕"之语，怃然和之》《昨夜》《夜读番禺集书其尾》《夜直》《十月廿夜大风，不寐，起而作》《秋夜花游》……可见夜对定盦确有着相当强烈的诱惑。夜激动着他的灵魂，撩起他的诗思，用他自己的话说："平生不蓄湘累问，唤出姐娥诗与听。"犹如对月流珠的鲛人，定盦也每每欲在深夜将自己的一腔心事对月倾诉，这既是夜的烦扰，也是夜的馈赠。

| 定盒的梦 |

　　《庄子》上有这样一个故事，庄子梦见自己变成了蝴蝶，觉得十分自在，栩栩然就像一只真的蝴蝶，完全忘记了自己还是庄周，醒来以后便又俨然是庄周了，所以自己也不知是庄周变了蝴蝶，还是蝴蝶变了庄周。这个故事后来屡屡被用来说明文艺创作的心理状态，原因就在于人处于梦境和创作活动中的心态不无相似之处，所以心理学家弗洛伊德将写作称为"作家的白日梦"。可以证实梦与文学创作之关系的例子在中国传统文学中是屡见不鲜的，诸如状写梦境、梦中得句的作品在历代诗话和诗集中比比皆是，据赵翼的统计，陆游纪梦的诗就有九十九首（见《瓯北诗话》）。至如"临川四梦"的作者汤显祖就以梦作为其戏曲创作的中心环节，"因情成梦，因梦成戏""曲度尽传春梦景"，即以梦为表达作家主观情感的一种方式，如此便与文艺创作有了相同的心理基础，因而梦可以成戏，可以成诗。文学作品中再现梦境，也就是直接表达了诗人作家的内心思想，甚至体现了他们的潜在意识。

定盦是个感情强烈、思想丰富的人，因而他写梦的诗很多，以诗题而言，就有《午梦初觉，怅然诗成》《梦中述愿作》《梦中作四截句》《梦得"东海潮来月怒明"之句，醒，足成一诗》《九月二十七夜梦中作》《纪梦七首》等，他所以如此喜欢纪梦、述梦，甚至还津津乐道自己的梦中所作，即意在通过梦而表现自己的难言之隐，以及对现实的不满，因而定盦的梦诗可以说是借梦传情，借梦言志，在他的创作中有着特殊的意义。如他的《梦中述愿作》就分明是写自己与西湖畔某女郎的一段隐情；他的《午梦初觉，怅然诗成》就是写自己一种莫可名状的悲哀心理，"不似怀人不似禅，梦回清泪一潸然"，通过梦境而写出自己的一种失落感；《梦中作四截句》就以梦为由而直抒胸中的郁勃不平之气。

然而，最能以形象的笔墨描绘出梦境并反映其心境思绪的，莫过于定盦早年所作的《桂殿秋》一词，词前有一段小序，也写得玲珑剔透，十分艳丽可爱："六月九日，夜梦至一区，云廓木秀，水殿荷香，风烟郁深，金碧嵯丽。时也方夜，月光吞吐，在百步外，荡瀁气之空蒙，都为一碧，散清景而离合，不知几重？一人告予：此光明殿也。醒而忆之，为赋两解。"可见词中所记的是一次真实的梦，而且梦境是十分的清晰而幽丽，令人流连忘返，历历在目，其词曰：

> 明月外，净红尘，蓬莱幽窅四无邻。九霄一派银河水，流过红墙不见人。

> 惊觉后，月华浓，天风已度五更钟。此生欲问光明殿，知隔朱扃几万重？

这首词写在定盦十九岁之时，后来收在他的词集——《无著词》之中，《无著词》中的不少作品保留了少年定盦恋爱经历的雪泥鸿爪，因而有人依据"蓬莱幽窅四无邻"及"流过红墙不见人"等句推测，这词也是他的艳情之作，词中流露出所爱女子的可望而不可即，令他陷入了无限怅惘，并表示了欲执着追求的决心。

后来据刘大白先生的发现，《无著词》的原名叫作《红禅室词》，刘先生曾得到过一个钞本，每卷首页还标有"碧天怨史龚自珍倚声"九字，"碧天怨史"四字被人用淡墨涂去，他断定这是定盦情人抄写之本，后由自己将"碧天怨史"抹去，如果这推断可以成立的话，至少说明定盦少年时曾用过"碧天怨史"的别号，而所以选用它的原因，笔者很怀疑即与此词中"荡潏气之空蒙，都为一碧"的说法有关，"碧天"与"红尘"相对是指一个极幽窅空蒙的境界，而他的意中人就住在那里，她是如此的清高绝尘，高不可攀，令他哀怨而爱怜，欲穷毕生之心力而去追求她。

然而，"此生欲问光明殿，知隔朱扃几万重"等语似又深有寄托，所以有人以为此词中寓有定盦向往光明、追求革新之理想，而"时为方夜，月光吞吐"等景象则象征着当时黑暗的现实，如夜雾茫茫，笼罩四周，故定盦有冲出黑夜而追求光明的誓言，表现了他的抱负和胸襟。

此诗上述的两种阐释似乎都不无道理，而尤以第一种可能更接近定盦的原意，但如果采取最老实和最可靠的解说，笔者宁可相信它是一个真实梦境的纪录。上半阕所写的画面是超尘绝俗的，像是远离尘嚣的琅環仙境，那亭亭玉立的荷花，那月光下静静的流水，那红墙外金碧辉煌的楼阁都是诗人梦境的实录。下半阕则是诗人醒后的所见所感，如水的月光洒落在窗前，晚风送来五更时的钟声，回想梦中幻影。诗人欲尽力去追求那瞬息即逝的理想之境，虽然那理想之境远在重门阻隔之外。总之，这词是一个梦和由梦而产生的思绪的纪录，那梦境曾缭乱了青年诗人的心，激起了他对美的向往和追求，它是诗人心态和潜意识的表露，如此而已。

定盦的梦，是他自我意识的体现，其中既有对理想的追求，也有对现实的抨击，他自己说："狂便谈禅，悲还说梦，不是等闲凄恨。"（《清平乐》）可知他的梦中有爱，也有恨，他的梦，正是他哀乐过人、心潮不宁的体现。因此，当他步入中年的时候，追求心灵的宁静，便欲焚毁自己往日的诗作，并以此来埋葬他少年的梦幻，他三十岁时写的《客春，住京师之丞相胡同，有丞相胡同春梦诗二十绝句。春又深矣，因烧此作，而奠以一绝句》就典型地反映了此时的心理：

　　　春梦撩天笔一枝，梦中伤骨醒难支。

　　　今年烧梦先烧笔，检点青天白日诗。

定盦所谓的梦，就是他心中如八月钱江之潮般汹涌的思绪，他所谓的"笔"，即指自己的诗章，那是他五光十色的思想的痕迹。春梦撩人，诗人按捺不住心中的激情而驱笔疾驰，写下了无数哀怨动人的诗篇，如今他要平息往日的激情，摆脱梦境的纠缠，所以欲先焚烧手中之笔，检点往日的诗章。那于白日写下的诗，正是他夜间之梦的反映。因而定盦的戒诗与其说要停止手中的笔，毋宁说是想熄灭自己的梦幻，用他自己的话说就是"烧梦"，梦对他的思想有着极深刻的影响。

梦与真对人的思想几乎有同样的作用，人们会因为一个噩梦而整天沮丧，也会因一个美梦而喜笑颜开。英国作家毛姆就曾写过一个因梦见妻子不贞而杀妻的故事，可见梦的力量。定盒也深感梦的困扰，于是在戒诗的同时又主张"烧梦"，显然，他所谓的"烧梦"就是要泯灭自己的欲望和激情，他的《青玉案》词中就说"醒时如醉，醉时如梦，梦也何曾作"，《能令公少年行》中则说"梦不堕少年烦恼丛"，可见他以无梦的境界为人生之大悲哀和大彻悟。然而定盒终于不能忘却尘缘，他对现实中所发生的一切未能一刻去怀，所以他还是不断地做梦、写梦，"戒神毋梦，神乃自动"（《写神思铭》）便是他自我心态的写照。定盒的一生注定有摆脱不了的梦境，因为他永远是一位现实生活的关切者。

| 小游仙词 |

　　定盦有一组名为《小游仙词》的十五首七绝，这十五首诗虽如题目所示，都是记神仙之事，然写得扑朔迷离，显然有所寄托。

　　以"游仙"名诗，起于晋朝的何劭和郭璞，郭璞著名的《游仙诗》以奇思异想写自己的隐居与仙游之乐，然不无对现实的讥嘲和对人生不平的牢骚，因而后人每每以为他的《游仙诗》本于屈原的《远游》之旨。后来唐代的曹唐也曾作过《小游仙诗九十八首》，通过神仙幻化之事写男女爱恋之情，又如唐人张鷟的《游仙窟》传奇，也以浓艳的笔墨记述了自己的一次艳遇，据后人考证，从他与女主人十娘、五嫂的调谑宴饮来看，其所宿之处显为一娼家，故可知唐人即有称妖冶的女子为神仙的习惯。定盦的《小游仙词》也以艳词绮语出之，故有人以为这是他的艳情之作，甚至作为附会他与顾太清有私情的依据，其实定盦只是借了唐人"游仙"之作的外衣，继承了郭璞《游仙诗》的兴寄方式，真正的意图绝不是描写风月，而在于揭露当时军机处的内幕，讽刺官场的黑暗。

定盦于嘉庆二十三年（1818年）考中举人后，复于二十四、二十五两年连应进士试，但都以落第而告终，于是在道光元年（1821年）转而想走考军机章京的路。军机处在清代雍正年间设立，本来是内阁的一个组成部分，因雍正间用兵西北，而内阁在太和门外，唯恐泄露机密，故在隆宗门内设立军机处，选择内阁中谨密能干的人入值。因军机处地近内廷，便于宣召，深得皇帝的青睐，遂成为清代政治的机要部门。军机大臣一般都由重臣、亲王来充当，主管其事，下设军机处行走、军机章京（俗称小军机），处理军务文书等，定盦的祖父视身、父亲丽正都曾经任过军机章京之职。所以，与由进士出身而入翰林院一样，入军机处也不失为一条仕宦的通达之途。军机章京原由军机大臣挑选，自嘉庆十一年（1806年）以后改为考试录取，但考试只是形式，录取的大权还是操纵在军机大臣手中。

定盦在这一次的考试中还是落选，原因据说是因为书法不佳，然就此诗中看，或许是由于未能向军机大臣俯首帖耳，唯命是从，故在此诗中他借游仙而揭露了军机处的内幕，用以发泄胸中的郁愤。第一首就说：

历劫丹砂道未成，天风鸾鹤怨三生。

是谁指与游仙路？抄过蓬莱隔岸行。

这里句句是讲游仙，但也句句不离寄托。按道家的说法，通过炼丹服食可达到长生不死的效果，然定盦却说自己虽历经修炼而犹未能得道成仙，暗寓其虽屡经会试却未被取中。当时定盦任内阁中书，参加国史馆修订《清一统志》的校对工作。他虽处内阁而职微位卑，故以在天风中飞翔的鸾鹤却无处栖息自比，表示自己时运不济，常含怨带恨，忽有人指引他避开进士考试而去考选军机章京，就像是绕过蓬莱仙山而在它的对岸另找一条路径。这首诗中体现了定盦怀才不遇的悲愤，同时也说明他欲以入军机处作为进身之阶的企图。他的父、祖均曾入军机处供职，因而定盦对此中掌故如数家珍，如他在《上大学士书》中就亟论内阁与军机处的区别与权限分辖，又如其《干禄新书自序》中说："其非翰林官，以值军机处为荣选。军机处之职，有事则佐上运筹决胜，无事则备顾问祖宗掌故，以出内命者也。"可见军机处是皇帝身边的智囊团，大权在握，非同寻常，所以被视为一条取得高官显位的有效途径。然而要走这一条路也绝非容易，其内部的戒备森严、钩心斗角与植党营私、豢养走卒又是骇人听闻的，这在下面的两首诗中可以见到：

寒暄上界本来希，不怨仙官识面迟。

倖幸梁清一私语，回头还恐岁星疑。

丹房不是漫相容，百劫修成忍辱功。
几辈凡胎无觅处，仙姨初荄可怜虫。

　　前一首写军机处内部的防范严密，各自为政，"上界"即影射军机处，"仙官"指其中官员，他们受到严格的监视，不允许与外间人员随便交往，以防泄露机密，同僚中也不交一言，难得见面，处于紧张气氛之中。偶一私语，便遭猜忌。唐代李亢的《独异志》上引《东方朔内传》说，太白星曾偷了织女星的侍儿梁玉清，逃入卫城少仙洞，四十六天不出。天帝发怒了，下命王岳搜捕，太白星便回到了老地方，玉清谪于北斗星下。这里"倖幸梁清"即用此典，喻军机处内人各异心，互相猜疑，戒备极严。赵翼的《军机处述》载："往时军机大臣，罕有与督抚外吏相接者。至军机司员，更莫有过而问者。军机非特不与外吏接也，即在京部院官，亦少往还。余初入时，见前辈马少京兆璟，尝正襟危坐，有部院立阶前，辄拒之曰，此机密地，非公等所宜至也。同直中有与部院官交语者，更面斥不少假，被斥者不敢置一词云。"可以为此诗作一脚注。

　　后一首则直接讽刺了军机大臣的大权独揽、培植私党，致使军机章京们成为一群唯唯诺诺的应声虫。"丹房"显指军机处，在那里不是随便可容纳新进者的，只有经受百般磨炼、忍受种种羞辱的人才能修成正果，为"丹房"所接受。因而，在几辈人之中也难以找到具有如此"仙胎道骨"的人，只能依仗"仙姨"（指军机大臣）自己去豢养一批俯首帖耳的可怜虫了，言外之意是说军机处容不得外人，只接纳对军机大臣唯命是从的奴才。如乾隆时的廷谕都出自军机章京汪由敦之手，而乾隆皇帝只对军机大臣讷亲一人下达旨意，讷亲出来后就令汪由敦在直庐撰稿："讷唯恐不合上意，辄令更易，有屡易而仍初稿者，一稿甫削，又传一稿，改易亦如之，汪颇以为苦，然不敢较也。"（《清稗类钞·军机处》）到了乾隆后期和珅当军机大臣时则更加专横，部属稍不听命，挥之即去，所以定盦讥之为"百劫修成忍辱功"，极尽讽刺挖苦之能事。

这十五首诗的最后一首则暗示了自己考试失败、有负前辈和朋友希望的愧疚，与第一首"是谁指与游仙路"相呼应：

> 众女蛾眉自尹邢，风鬟雾鬓觉伶俜。
> 扪心半夜清无寐，愧负银河织女星。

由于众女都像汉武帝的尹、邢两位夫人那样俱有姿色，争奇斗艳，各执娇宠，遂令那风鬟雾鬓、憔悴落魄的女子孤苦伶仃，困顿忧伤了。前两句暗寓自己考试落榜、无人见赏的沉痛心理。故清夜扪心，悲从中来，愧对先人，也辜负了指点仙径之人。定盦虽对军机处的内幕表示了种种不满，但也十分希望能跻身其间，由此一展自己的抱负，然而终于未能如愿以偿，所以悲愤交集，内疚与怨恨溢于笔端。在这之前他已发誓不再作诗，然受此打击，遂破戒为诗。

从以上所引的几首诗中我们已可看到定盦的这组诗纯用迷离惝恍的笔墨出之，以游仙之事、男女之情揭露官场的腐败和自己的隐恨，写来含而不露，却句句不离本意，表现了他驾驭文字的本领；诗中用了大量道家的典故，可见他的博洽和对掌故的熟悉，既紧扣游仙的题目，又寓有刺时的用意，足以说明他的诗艺已到炉火纯青的地步了。

| 定盦与女青莲 |

　　大约在嘉庆二十五年（1820年）前后，龚自珍的思想曾有过一次巨大的转变。他于嘉庆二十四年（1819年）第一次参加会试，未被取中，在北京师从著名的今文经学家刘逢禄学公羊《春秋》，又得交魏源、王念孙等人，令他眼界大开；同时他接触到了佛教的典籍，很快被佛学的深邃玄奥所吸引，他自己说"我欲收狂渐向禅"（《驿鼓三首》），正是由于现实中的挫折与思想上的冲击，使定盦像一位严厉的法官重新审视过去，梳理自己的思想，决心向以往的自我告别，以新的人生观步入中年。其心境正如黄仲则诗所描写的："结束铅华归少作，屏除丝竹入中年。"因而他的诗中有了《观心》《又忏心一首》等作，直至这年的十月终于决心戒诗。

在这一年的春天，定盦借与有"女青莲"之称的女诗人归佩珊和诗之便，表达了欲割断情丝、绝灭欲念的决心，可视为他"结束铅华"的代表之作，诗的题目就像一篇小序:《寒夜读佩珊夫人赠诗，有"删除荩箧闲诗料，湔洗春衫旧泪痕"之语，怃然和之》，可知在此诗前归佩珊曾有诗作赠他，并以汰减诗料、剪除旧情之意相勉，因而定盦的和诗云:

> 风情减后闭闲门，襟尚余香袖尚温。
> 魔女不知侵戒体，天花容易陨灵根。
> 蘼芜径老春无缝，薏苡谗成泪有痕。
> 多谢诗仙频问讯，中年百事畏重论。

这里表现了诗人劫后忏情的心理。定盦是风流倜傥的才子，自然有过不少风流韵事，从他这首诗中已流露出他少年轻狂的经历，同时表达了欲截断情丝、以佛教的禁欲思想去战胜自己情欲的想法，他回首往事，不禁有无限悔恨。诗人说自己对于风月之情已渐渐淡去，有意闭门不出，然而衣襟上依然存留着往日的芳香，袖中似乎还有女子的温馨，于是诗人说自己曾犯有色戒。佛教以为受戒的人自身能产生防止邪恶入侵的能力，称之为戒体;魔女据说是印度摩登伽神的淫女，会以魔法迷惑人心，使人坠入淫乱的深渊。因而"魔女"两句是借佛典中语说明自己曾受色欲的诱惑而损坏了戒体，其中虽不乏忏悔之意，然而以"魔女""天花"喻女色，正说明这是一种难以抗拒的力量，因而这里不仅是诗人的自我悔恨，而且是对少年时期放浪形骸的解嘲。然而，如今一切往日的荒唐都已过去，就像长满了蘼芜草的路径，不容春光再插足其间了，诗人力图将心扉关上，排除一切风月儿女之情。然而，由于少年轻狂而带来的流言蜚语、恶意中伤，使诗人悲愤不已。"薏苡谗成"用的是东汉马援的典故，薏苡是一种薏米，可供食用，马援南征时常服食以避瘴气。军队北还时，他随身带了一车薏苡，准备作为种子，后来有人向皇帝进谗，说马援载了一车明珠、文犀回来，因而后人以"薏苡"作为无中生有的造谣诬蔑，定盦正是以此指时人对自己的攻击诽谤。于是诗意由忏悔而带出悲愤，最后归结到归佩珊的赠诗，表示了自己人到中年怕提旧事、百感交集的心情。

归佩珊是江苏常熟人，名懋仪，佩珊是她的字，她工于吟咏，是当时著名的女才子，人有"女青莲"之称，所作诗词有《绣余小草》《听雪词》等。她的诗清婉绵丽，与当时著名的闺阁诗人、袁枚的女弟子、诗人孙原湘之妻席佩兰齐名。徐世昌的《晚晴簃诗话》中说她："负盛名数十年，往来江浙，为闺塾师。晚年结庐沪上，有复轩，一灯双管草堂诸胜。平生所为诗凡千余首。王叔彝题其稿云：'难得佳人能享寿，相随名士不妨贫。'足以括其平生。"可见她是一位才华出众的女诗人。她的年辈比定盦略高，故定盦尊称她为"佩珊夫人"，而归佩珊称其为"龚璱人公子"。他们的第一次会面还在定盦二十五岁那年。定盦由于原配夫人段氏去世，故前此一年在杭州续娶何氏，这年便带着新夫人赴上海父亲阚斋公江南苏松太兵备道的官邸省亲，途经苏州，寓居段氏枝园，在那里他碰到了归氏，并作《百字令》一首题其集：

　　扬帆十日，正天风吹绿江南万树。遥望灵岩山下气，识有仙才人住。一代词清，十年心折，闺阁无前古。兰霏玉映，风神消我尘土。

　　人生才命相妨，男儿女士，历历俱堪数。眼底云萍才合处，又道伤心羁旅。南国评花，西州吊旧，东海趋庭去。红妆白也，逢人夸说亲睹。

　　定盦对她的诗词十分推赏，以为是闺阁诗人之冠，并对她长期客居苏州、抱有身世之感表示了深切的同情与惋惜。因归氏有"女青莲"之称，所以定盦说她是"红妆白也"。归氏即有《答龚璱人公子即和原韵》之作，其中称定盦："奇气掣云，清谈滚雪，怀抱空今古。缘深文字，青霞不隔泥土。"绘出定盦当日年少气盛、风华正茂的气概。从此以后他们以诗词相互唱和酬酢，前引的七律便是。

　　诗因为是写给一位年辈稍长的女性的，所以定盦在诗中坦率地表露了自己此时的真实心态，特别是对于自己前半生的风流韵事，他实处于既悔恨又留恋、既欲割断情丝又难以摆脱的矛盾之中。他之所以怕提旧时，正说明他俗缘未了，唯恐那些缠绵悱恻的往事重新撩起自己的愁思。这种推心置腹的内心表白，唯有面对着一位知己而又稍长的女性的促膝对谈中才会毫无顾忌地和盘托出，所以此诗读来情真意挚，恻恻感人，是定盦真实的心理写照。作于同年的《逆旅题壁，次周伯恬原韵》中也说："何日冥鸿踪迹遂，美人经卷葬华年。"可见定盦虽潜心学佛，然终究未能忘于绮情，于是他竟然以"美人经卷"为自己的理想，说明他在学佛避世与留恋世情之间始终依违彷徨，两不忍舍。这种理想令人想起古代的伊朗诗人莪默·伽亚谟《鲁拜集》中的名句：

> 树阴下放着一卷诗章，
> 一瓶葡萄美酒，一点干粮，
> 有你在这荒原中傍我欢歌——
> 荒原呀，啊，便是天堂！
>
> （郭沫若译文）

这种境界虽然是恬静的，超脱的，但其追求的目标是人生的乐趣。定盦也是一个渴望美与光明的人，他的潜心佛学并不在于求得出世的寂灭之乐，而只是满足于对佛理的探索，并借此以排遣人生之苦。因而，定盦的学佛也好，留恋风情也好，总脱不了他入世的人生观，这也就是他所以终乏慧根、未能完全超脱尘寰的原因。

｜ 定盫与林则徐 ｜

故人横海拜将军，侧立南天未蒇勋。

我有阴符三百字，蜡丸难寄惜雄文。

　　这是定盫《己亥杂诗》中的一首，表示了对当时在广州禁烟的林则徐的崇敬与关注。诗写在道光十九年（1839年）。前一年的十一月，本来任湖广总督的林则徐因极力主张以禁烟来杜绝白银漏卮的危机，并提出了规划防禁的具体措施，遂得到道光皇帝的赏识，委以钦差大臣的重任到广东查办鸦片，并统领水师，龚诗的第一句就说的是这件事。"横海将军"是汉代的官名，汉武帝时曾命韩说为横海将军，出海往击东越（见《史记·东越列传》），这里借指林氏以钦差大臣的身份赴粤禁烟。

林则徐到了广东之后，即会同总督邓廷桢、巡抚怡良等先事密查，随后迫胁商人交出所有鸦片；四月，林则徐将所有收缴的两万余箱鸦片在虎门海滩销毁；五月间，英水兵在广东沿海挑起事端，打死农民林维喜，事态日趋严峻，所以定盦这里说林公"侧立南天未蒇勋"，一方面是对他的所作所为表示钦佩，以为他犹如南天一柱，支撑大局；另一方面也对禁烟的成败表示担忧，故说还未曾大功告成（蒇勋），体现了龚氏对故友的关切。

这首诗在《己亥杂诗》中为第八十七首，其八十三首的小注中有"五月十二日抵淮浦作"，可以推知此诗作于五月十二日之后，形势已趋险恶，故定盦有"未蒇勋"的说法，但他对林则徐的正义行动表示了极大的支持，深感虽有谋略而无法相助的苦恼。《阴符》是古代的兵书，据说由轩辕氏传授给黄帝，黄帝运用其中的韬略战胜了蚩尤（《云笈七签·轩辕本纪》），定盦说自己虽有克敌制胜的奇计，可是无法传递给远在南疆的故友，只能空自浩叹，爱莫能助，言外之意似乎透露出自己受到掣肘，无法为林则徐出谋划策或共赴南疆建立奇功，隐约地表示了自己的怅恨。

在前一年林则徐出都时，定盦就写过一篇《送钦差大臣侯官林公序》，全面提出了自己对禁止鸦片贸易和杜绝白银漏卮的意见和具体措施，其中慷慨陈词，充分估计了林公将会遇到的各种阻力，劝勉他要坚决果断，敢作敢为，最后说："我与公约，期公以两期年，使中国十八行省银价平，物力实，人心定，而后归报我皇上，书曰：'若射之有志。'我之言。公之鹄也。"一腔热血溢于言表，不仅托之以国家的众望，而且也充满着朋友间互相勉励的真情。因而林则徐在南下途中细读定盦此文，被他剀切的议论与热烈的激情所感动，于复信中说："责难陈义之高，非谋识宏远者不能言，而非关注深切者不肯言。"可见对此文的评价之高。林则徐的复札中还透露了一个消息；当年定盦曾有随林氏南下，共商禁烟大计的设想，但由于某种原因未能付诸现实，林文中说："弟非敢沮止旌旆之南，而事势有难言者。"至于究竟是怎么原因牵制了定盦，使他不得南下，已成为一个历史的谜案，我们不得而知。

据说定盦在林则徐出都时还赠给他一方石砚，砚石的背后摹刻着王羲之的《快雪时晴帖》，定盦又以"快雪时晴"作了一篇砚铭相赠，勉励林公在禁烟中要雷厉风行，早日大功告成，如雪后初晴，驱除阴霾，还我一个光明灿烂的中华。此砚虽平淡无奇，然深得林公宝爱，一直携带在身边，后来共入新疆，往还于天山南北，砚后有林氏亲笔所书七绝一首："定盦贻我时晴砚，相随曾出玉门关。龙沙万里交游少，风雪天山共往还。"可见林则徐对此砚的珍爱。这小小的砚石也可算中国近代史上两位风云人物间友情的见证。

其实，龚定盦与林则徐的交谊绝不是由禁烟开始的，他们可称得上世交，定盦虽然仅少林公七岁，然论起辈分来的话，林则徐可以说是他的前辈。道光二年（1822年）定盦之父阆斋入都，与林则徐同时引见、召对，林则徐曾有《东阿旅次赠龚阆斋观察丽正》七律二首，如其中之一说："分符曾忝郑公乡（君杭州人），邻照还赠召伯棠（任江南上海道）。东阁谁知迟捧壮，北辕才喜共停装（壬午四月入都，晤君于山东逆旅）。班荆野店三更月，待漏夊间五夜香（引见、召对皆同日）。最羡承恩频顾问，一斗华萼总联芳（君召对时，蒙垂询贤昆季甚悉）。"体现了他与龚丽正的同官之谊，故定盦为其后辈。

道光十年（1830年）前后，定盦与林则徐在北京分别参加过一些由黄爵滋、魏源、张维屏、潘曾莹、周凯等人组织参与的诗词唱和聚会，故有人以为他们都曾加入过"宣南诗社"。这其实仅仅是一个推测，据今人考订，龚自珍、魏源及林则徐等人都没有参加过这个诗社，但因为他们都是中国近代史上的重要人物，所以他们的聚会就格外地引起了研究者们的兴趣。事实上龚、林的订交还早于此，定盦的《重摹宋刻洛神赋九行跋尾》中就说，道光九年秦恩复曾以宋刻王献之所书《洛神赋》送给定盦，同观者之中就有林则徐。

定盦的《集外未刻诗》中有《咏史》二首，后人根据未刻诗的次序将此编入嘉庆庚辰（1820年），但也有人以为这是写在道光二十年（1840年）林则徐被革职以后，其中的一首说：

> 宣室今年起故侯，衔兼中外辖黄流。

金銮午夜闻乾惕，银汉千寻泻豫州。

猿鹤惊心悲皓月，鱼龙得意舞高秋。

云梯关外茫茫路，一夜吟魂万里愁。

　　诗写得迷离惝恍，题为咏史，却难以考订其所咏何事，而据诗意推测，显与治理黄河有关。道光二十一年（1841年）五月黄河于开封决堤，被革职的林则徐由军机大臣王鼎保奏留下来治黄。故诗的前二句说朝廷复用林公治黄，次二句谓黄河泛滥，朝野震惊，五六二句说君子心悲，小人得意。《抱朴子》上说周穆王南征，"一军尽化，君子为猿为鹤，小人为虫为沙"。意谓林公禁烟被谪，令君子伤怀。"云梯关"为黄河入海故道，向为治理黄河的重要之地，故诗人甚为远在云梯关外的林公担忧，其吟魂愿不远万里去探求故友消息。

　　以上的解释只是揣测之辞，如果能够成立的话，那么本诗必定写于道光二十一年五月之后，即为定盦逝世前的数月，可谓他的压卷之作。

| 嗜古奇癖 |

中国的文人大多对古物有种嗜好，往往为了收藏一件古董而倾家荡产，甚至连性命也在所不惜。如宋末的赵孟坚，有一次坐船江行，突然翻船，船上的人纷纷落水，孟坚也浑身浸在水里，几乎濒临淹死的危险，然而他手中还是紧握一样东西高高地举出水面，大声喊道："我的性命可以丢弃，这东西不能丢弃。"原来他手中拿的是一部《定武兰亭》卷，这本《定武兰亭》的拓本后来就被称作"落水《兰亭》"，由此可见文人爱好古物到了何等痴心的地步。

龚定盦也有收藏古物的癖好，他在昆山辟羽琌山馆，庋藏的古代书画器物不可胜纪，其中珍品有定盦称之为"三秘""十华""九十供奉"等，"三秘"为：汉赵婕妤玉印、秦天禽四首镜、唐拓本晋王大令《洛神赋》九行。"十华"为：大圭有三孔、召伯虎敦、孝成庙鼎、秦镜十有一字、元虞伯生隶书卷、杨太真图临唐绢本、赤蛟大砚、古瓦有丹砂翡翠之色者一、优楼频螺花一瓮、君宜侯王五铢。"九十供奉"也为各种古器、字画、印章、钱币等，然最得其宝爱者，莫过于冠"三秘"之首的汉赵婕妤玉印。

赵婕妤就是汉代出名的美女赵飞燕，她因体态轻盈而又能歌善舞，所以被称为"飞燕"，本是阳阿（今山西晋城）的舞女，成帝微服出行经过阳阿，被她的美貌与舞姿所吸引，遂招进了宫封为婕妤，贵倾后宫，后来成帝废了许皇后而立她为皇后。所以这样一位古代美人的印章自然带上了不少传奇色彩，自明代的项元汴、李日华以来即视为珍奇。

说起定盦得到这颗玉印的经过，真还有点跷蹊，道光五年（1825年）十二月的某夜，定盦做了一个梦，梦见有人给了他一枚玉印，玉印白得几乎透明，当中有一点彩痕，犹如碧空中的一颗星星，于是喜出望外，醒来却是南柯一梦。可是没过几天，嘉兴人文鼎说有汉凤纽白玉印一枚，映日视之，彩痕宛然如梦中所见一般，上面刻着四个芝英篆字："婕妤妾赵"，于是定盦以曾为朱彝尊所藏的《宋拓娄寿碑》加上五百金购得此印。据倪鸿《桐阴清话》中说此印直径一寸，厚五分，洁白如脂，纽作飞燕形。定盦得到此印后的欣喜若狂，我们可以从他

《乙酉十二月十九日，得汉凤纽白玉印一枚，文曰婕妤妾赵，既为之说载文集中矣，喜极赋诗，为寰中倡，时丙戌上春也》诗中见到，诗共四首，第一首云：

> 寥落文人命，中年万恨并。
>
> 天教弥缺陷，喜欲冠平生。
>
> 掌上飞仙堕，怀中夜月明。
>
> 自夸奇福至，端不换公卿。

从这里可以见到定盦喜极之心。他半生潦倒，一切都似乎没有希望，故以前人"文章憎命达"的话来作自我解嘲：文人的命运本该寂寥落魄吧。然而玉印的出现似乎是上天对自己的补偿，可谓平生最大的乐事。

"掌上飞仙堕，怀中夜月明"两句用了赵飞燕的故事来表现自己的心情，十分契合所咏对象。据《飞燕外传》中说，有一次赵飞燕在成帝面前翩翩起舞，真有临空欲去之势，突然一阵风起，成帝连忙急呼曰："无方，无方，赶紧拉住她！"无方是一名乐工，他立即丢下了手中的乐器，死死地抓住飞燕的鞋子，过了好久风才停下，飞燕却淌着眼泪说："帝太爱我，反使我不能超脱尘寰。"《飞燕外传》中又说，真腊曾进贡万年的蚌蛤和不夜珠，光彩夺目像明月一般，照在人脸上，无论妍媸都显得美貌异常，成帝便以蛤赐给皇后，以珠赐给赵婕好。所以这两句既怀念当日飞燕的绝色，也以飞仙堕掌、明月入怀来形容自己得此玉印的心情，所以诗人说即使公卿之位也不肯易此奇福。

定盦狂喜之下，便欲遍征海内诗人为玉印作歌，这组诗的第四首云：

> 引我飘摇思，他年能不能？
>
> 狂胪诗万首，高供阁三层。
>
> 拓以甘泉瓦，燃之内史灯。
>
> 东南谁望气？照耀玉山棱。

诗人要收集万首诗章来歌颂玉印，后来定盦也确实守其诺言，广泛征诗，今传为此印题咏者就有高锡恩、程恩泽、杨岘、张穆、汪远孙等人。定盦并欲筑楼庋藏玉印，他于此诗注中云："予得地十笏于玉山之侧，拟构宝燕阁，他日居之。"玉山就是江苏昆山，定盦买得徐秉义故宅，取名羽琌山馆，筑室三层，最上一层就放置赵飞燕玉印，姚元之题其额曰"宝燕阁"，可见定盦对此印的宝爱。"甘泉瓦"和"内史灯"都是汉代遗物，极为珍贵，诗人欲将印文印在甘泉瓦的拓片上，用内史灯来照耀飞燕阁，自是千古风流之事。古人以为当灵物出现于某地时，会有一种特殊的气象，占星之人就能观察到它，这就是所谓

"望气"。因此定盦说如果东南之地有谁会望气的话，一定会看到玉山的一角有异常的光辉，可见他对自己收藏之古物的自豪。

　　定盦既对玉印异常珍视，故这几首诗也写得极用力，属对的工巧、运典的娴熟到了炉火纯青的地步，然除了表现自己的欣喜和对古物的仰慕之外诗意平平，原因也许可以用古人一句现成的话来解释："欢愉之辞难工。"这几首诗表现了嗜古癖好的满足，记录了诗人的欢情，故佚名的《定盦诗评》中说："此四首先生极经意之作，而转觉无味。"

　　定盦之所以寄情于赵飞燕这样一位前代绝世佳人的遗物，除了对古物的痴情之外，大概还有心理上和审美上的某种祈向在起作用。然而不无讽刺意味的是，定盦如此视为珍宝的玉印据说是一件赝品，因某人与定盦赌博而输了钱，遂做出这假物来骗他抵债。定盦后来也知受骗，于是也用它充了赌债。这是野史笔记中的说法，不可全信，也不可不信。

| 精神恋爱 |

定盦集中写艳情的诗不少，他的恋爱对象有名媛闺秀，有风尘女子，甚至还传说有名高一代的才女和豪门内眷，如细考起来，大概足可以仿苏雪林女士的《李商隐恋爱事迹考》写一部《龚定盦恋爱事迹考》。这些诗有的写得较率直，有的则较晦涩，道光六年（1826年）初春所写的《纪游》与《后游》二诗就以比兴的手法暗示了他与一女子的恋情。这是一场短暂的、精神上的恋爱，与其他几次的恋情不同，也许只是与她一起游了两次湖，在诗人的心中却留下了深刻的印象。第一首《纪游》是这样写的：

> 春小兰气淳，湖空月华出。
>
> 未可通微波，相将踏幽石。

一亭复一亭，亭中乍曛黑。

千春几辈来，何况婵媛客？

离离梅绽蕊，皎皎鹤梳翮。

鹤性忽然驯，梅枝未忍折。

并坐恋湖光，双行避藓迹。

低睐有谁窥？小语略闻息。

须臾四无人，颜弱未工热。

安知此须臾，非隶仙灵籍？

侍儿各寻芳，自荐到扶掖。

光景不少留，群山媚暝色。

城闉催上灯，香舆仁烟陌。

温温怀肯忘，嗳嗳眴靡及。

只愁洞房中，余寒在鸳屧。

　　春天像新婚似的才刚刚羞涩地拉开她那薄薄的面纱，兰香阵阵，湖上空荡荡的，月光徘徊其间，还不到泛舟游湖的时节，所以携着她去那清幽的石径上漫步。他们走过了一个又一个亭子，有这样一位婵娟可爱的美人伴着自己，诗人感到无限的温馨，以为这正是千载难逢的良辰。他所寄情的女子大概叫作"梅"或与"梅"字有关的名字，所以这两首诗中都以"梅"来暗指她。梅花初绽，喻女子正当妙龄，娉婷袅娜，令人爱怜，以致那本来抗志高飞的云中之鹤也收敛起了翅羽。这里诗人分明以鹤自比，说自己为她的魅力所倾倒。那本欲高翔的白鹤忽然变得驯服，但他未忍攀折梅枝，也许是因为她太娇嫩与柔弱了。于是他们并肩坐在湖畔，看那粼粼的波光，或双双漫步在苔径，低回沉吟。他看见她含羞低眉，听到她细语的声息，就是在四下无人的地方，她的脸上也未泛起红晕，也许正是她太柔弱、太娇小了。然而诗人以为此刻彼此的心灵得到升华，如成了仙乡中人。在山色渐渐淡去，暝色上了高楼的时候，诗人坐车送她回城，她的身影消失在烟雾弥漫的巷陌里，然诗人心中却久久忘不了她，遥望难及，只留下无边的怅惘。于是他想那房中的她，一定也感到孤独与凄清。

过了三天，诗人又来游湖，于是有了《后游》一首：

破晓霜气清，明湖敛寒碧。

三日不能来，来觉情瑟瑟。

疏梅最淡冶，今朝似愁绝。

寻常苔藓痕，步步生悱恻。

寸寸蝤蛴枝，几枝扣手历：

重重燕支蕾，几朵挂钗及。

花外一池冰，曾照低鬟立。

仿佛衣裳香，犹自林端出。

前度未吹箫，今朝好吹笛？

思之不能言，扪心但先热。

我闻色界天，意痴离言说。

携手或相笑，此乐最为极。

天法吾已受，神亲形可隔。

持以语梅花，花颔略如石。

归途又城闉，朱门叩还入。

袖出三四华，敬报春消息。

　　晨霜使得空气清冽，纯净碧绿的湖水更增加了料峭的春寒，三日未来湖畔，像是凄凉了许多，那稀疏的梅花，淡冶中又添了几分愁思。女子这天大概有些不快，或是心中起了什么感伤，所以那平常的苔痕也令她步步生出许多悲哀。那盘屈的梅枝、重重的花蕊都是他们游踪的见证；那花外的一池冰，曾经照过她低头沉吟的倩影；那林中飘拂的香气，仿佛来自她的衣襟。既然前一次出游未曾表露心曲，那么此番更有什么可说的呢？诗人思之黯然，心中的热情也无法倾诉。于是他借了佛教的说法来自我排遣。佛教所谓的"色界"是三界之一，此中的人们摆脱了淫欲，只要心灵沟通，不必以言语传情，所以诗人说携手相笑便是人间至乐，何妨与她神亲形隔。他以这一番话去告诉女子，女子只是低头不语。于是他们又回到城中，诗人折了几枝梅花送她，聊以报春天的消息，也作永恒的纪念。

　　这两首诗写得很哀婉，弥漫着一种淡淡的哀愁，景色的清冷、女子的淡冶与自己心中的凄凉非常和谐，感情也不是浓烈的，两人都处在抑制和等待之中。女子像是含苞欲放的梅蕊，情窦初开，娇柔缄默，却淡得很直率。诗人心中虽然对她很依恋，却只是相对默坐、低首漫步，没有更多的表示。然而，那湖光山色之中、林端池冰之间都有她的影子，可见她在诗人心中的地位。最后以色界自慰，正体现了排遣不开的相思。诗人的感情也表现得很委婉，用了不少比兴的手法，以梅比她，以鹤自比，若即若离，给全诗蒙上了一层迷蒙的色彩。诗中的写景也清幽俏丽，令人心醉，如"湖空月华出""群山媚暝色""疏梅最淡冶"等句。

据"香舆停烟陌"一句来看，诗中的女子也许是一位青楼中人，然而诗人只是以"携手或相笑，此乐最为极"和"神亲形可隔"等来表示自己的爱慕，说明他们之间只是一种柏拉图式的精神恋爱。定盦在此诗中表示了对美的崇拜和向往，而排除了低级庸俗的欲望，对那些以为他"儇薄无行，跃然纸墨间"（王国维《人间词话》）的说法正是一种有力的反驳。

| 湖畔恋情 |

　　《己亥杂诗》的一八二首到一九七首是定盦"有所追悼而作"的，追悼的对象是他在十三年前倾心相爱的一位女子。诗只是写自己回到阔别已久的家乡，然而她已在十一个月之前去世，诗人惆怅万分，追忆当年与她相处的时光与感叹如今已酿成的遗恨，百感交集，悲伤不已，写下了这十六首哀感顽艳的挽歌。

　　有人以为这位女子是定盦的表妹，也许是因为他的诗中有"娇小温柔播六亲，兰姨琼姊各沾巾"的话，所以推断起来一定是定盦的亲戚。她的家就在杭州城南，面对着凤凰山，凤凰山青苍的影子常徘徊在她的眉黛之间，说不清是她的修眉像远山那样妩媚，还是远山像她的修眉那样清丽。不仅天生丽质，而且她的针黹工夫也是很出色的，所以定盦悼她的诗中说"艺是针神貌洛神"。

定盦的这段浪漫史大约发生在道光六年（1826年）前后，当时写的《梦中述愿作》诗就记录了与这位湖畔女郎的情缘：

> 湖西一曲坠明珰，猎猎纱裙荷叶香。
>
> 乞貌风鬟陪我坐，他身来作水仙王。

那湖西弯弯的一泓清水，像是天上的明月坠落在人间，如她的耳环一般晶莹明澈，清风一起，她那薄薄的裙裾沙沙作响，还带着荷叶的香气。因而诗人愿做那水仙王庙里的神而给她塑一个像，永远陪伴着自己。这首诗只是写了一个梦境，然而它却一直萦回在定盦的心头，虽然经过了十三个春秋，但他还是未能割断这一缕情丝。

女郎没有出嫁就离世而去了，也许正是相思害了她，据她的母亲说，就是在她弥留病榻之际，她想到的也还是定盦，"病骨前秋盼我归"，希望他早日回杭一见，并将亲手绣制的汗巾、荷包和枕头套等托付母亲转送给他。定盦在京师听到了她的噩耗，这对他来说自然是摧心裂胆的消息，他说："拊心消息过江淮，红泪淋浪避客揩。千古知言汉武帝，人难再得始为佳。"当他意识到她已一去不复返的时候，更感到了她的珍贵和难得，汉武帝时的歌唱家李延年不是就有过"宁不知倾城与倾国，佳人难再得"的句子吗？于是他捶胸顿足，泪下沾巾。

当定盦回到了阔别已久的家乡，去凭吊他们昔日幽会的地方，一种辜负红颜的内疚之情不禁油然而起，然而人去楼空，遗物宛然，勾起诗人的无穷伤感。只有聪慧的婢女商量着送给他一个指环去做纪念，但他只求一帧她的玉照，意欲重加临摹，永远供奉在自己的家中，他又拉着婢去走他们从前走过的路，《己亥杂诗》的一九〇首说：

昔年诗卷驻精魂，强续狂游拭涕痕。
拉得藕花衫子婢，篮舆仍出涌金门。

诗人回忆起以往与她一起的时光，当时为她曾写下了不少情意缠绵的诗章，那是他们爱情的永恒纪念，她的灵魂也许还保留在那诗卷之中。如今他揩干了眼泪，打叠起精神，想再去湖畔寻找往日的遗踪，拉着个身穿绣花衣服的小婢同往，虽然依旧如以前那样乘着小轿，穿过了涌金门向西湖走去，然而，哪儿去寻找他们年轻时的步履？哪儿去重温他们往昔的旧梦？诗中写自己强拉小婢出游的情形十分传神地表现了自己心乱如麻、神情恍惚的心态，而下面便是这组诗中最直率而哀婉的两首：

小婢口齿蛮复蛮，秋衫红泪潸复潸。

眉痕约略弯复弯，婢如夫人难复难。

女儿魂魄完复完，湖山秀气还复还。
炉香瓶卉残复残，他生重见艰复艰。

这两首诗在格调上用了《字字双》的调子，《太平广记》卷三三〇引《灵怪集》中说有一中官宿于某地，半夜听到有四个人穿着古代的服装，置酒作别，互相联句道："床头绵衾斑复斑，架上朱衣殷复殷，定庭朗月闲复闲，夜长路远山复山。"定盦这里借用这个调子，令诗意反复，音调缠绵，读来回肠荡气，催人泪下。

诗人带着婢女出游，然婢女毕竟不像她那么高雅娴静，说起话来还带着浓重的南方口音，她一谈起去世的女主人来便潸然泪下。她的眉毛弯弯，倒有几分像她的女主人，然而终究缺乏大家闺秀的气度。袁昂评羊欣的书法说："如大家婢为夫人，虽处其位，而举止羞涩，终不似真。"这就是"婢作夫人"的来历。诗人本欲携婢出游，聊作排遣，然而却反勾起了对已亡之人的无限怀念，他知道她的位置是不可替代的，于是后一首中索性去怀想她。

她的灵魂完美无缺，也许正是杭州湖光山色的灵秀之气所钟，她从湖山中来，又回到湖山中去，那炉里的香和瓶中的花都已消残凋谢，暗示着人去楼空，香消玉殒，于是诗人感叹与她相见无期，即是在渺茫的他生，也辽远而艰难。一切都结束了，就像一个缥缈的梦，来得那么突然，去得那么轻盈。十三年以后，当诗人再来寻找旧梦时，只有那佛寺的钟声和岸边的红花依然如故，而佳人不再，芳魂难觅了：

一百八下西溪钟，一十三度溪花红。

是恩是怨无性相，冥祥记里魂朦胧。

佛寺的钟声又响了，依然是一百零八下；西溪山上是一片墓地，她的芳魂也许就埋在那里，然而西溪的花还是年复一年开而又败，已是十三次了。女郎溘然而去，就像花的飘零，水的东流，一切恩恩怨怨都随之而尽，如同进入了佛教中所谓的"无性相"境界。在那里一切都超脱于形象之外，就连专门记载因果报应的《冥祥记》中也找不到她的一缕芳魂。诗人只想在西泠桥畔为她竖一块墓碑，刻一篇凄艳的碑文，这碑文不知是否真的做成，然而这十六首诗却记下了一篇动人的爱情故事，永远洒落在西湖之畔，令后世多情的人们浅吟慢咏，低回惆怅。

| 诗谶 |

诗是人的心血凝聚而成，因而往往体现了人的意愿，甚至预示着人的某种经历和命运，于是便有了诗谶的说法。譬如《南史·侯景传》中说，梁简文帝萧纲曾作《寒食》诗云："雪花无有蒂，冰镜不安台。"又《咏月》中云："飞轮了无辙，明镜不安台。"后来为侯景所杀。南朝宫室筑于台城，故简文帝的诗屡有"不安台"的说法，即预示了其帝位不长，所以人们以为其诗成了他后来遭杀的谶语。

宋代传说的诗谶就更多了。据说苏舜钦曾作了一首《春睡诗》，其中有一联"身如蝉蜕一榻土，梦似杨花千里飞"，欧阳修见到以后暗暗吃惊，以为这是不祥之兆，同别人说："子美（苏舜钦字）很令人担忧。"过了几天，果然传来了苏氏去世的噩耗。苏东坡曾经送朋友戴家赴成都玉局观，其诗中云："莫欺老病未归身，玉局他年第几人。"又作《过岭》一诗中云："剑南西望七千里，乘兴真为玉局游。"后来他果真卒于玉局观中，应验了自己的诗句。宋代另一位大诗人陈师道曾赋《高轩过》诗云："因知书画真有益，却怪岁月来无多。"据说过了几个月他就突然去世了，世人都以为这是"诗谶"的应验。

定盦也有过"诗谶"的经验，虽然他的诗谶没有预示他生命的终止，而只是体现在一件小事上。道光十八年（1838年），定盦辞官南下，写了著名的《己亥杂诗》，其中第十二首云：

> 掌故罗胸是国恩，小胥脱腕万言存。
> 他年金匮如搜采，来叩空山夜雨门。

这首诗是他出都时写的。定盦本人及其父亲与祖父都曾在礼部做官，由于特定的家庭与社会关系，多闻父老前辈之言，所以当时的人都视他为掌故专家。这种掌故的学问绝不是现在报章上的补白与花边新闻之类，而是专指熟谙典章制度与政体沿革等学问，是当时经世之学的一个重要方面。《经世文编》中录汪家禧《与陈扶雅书》中说："今时最宜亟讲者，经济掌故之学，经济有补实用，掌故有益文献。无经济之才，则书尽空言；无掌故之才，则后将何述。高冠褒衣，临阵诵经，操术则易，而致用则非也。"因而定盦对自己的掌故之学十分自豪，以为这是国家赐予自己的特殊恩惠，如果让胥吏抄手纪录的话，自己便可以滔滔不绝，万言立就，因而他说一旦国家要征集此类材料，便可来找我这个隐居山野的人。其中用了"空山夜雨"四字，其实是诗人信手拈来，形容幽居冷落的境况，然殊不知竟成谶语。

这年秋天，诗人渡过淮河，再向南走，适逢连日秋雨，应了他"空山夜雨"的话，故定盦诗云：

诗谶吾生信有之，预怜夜雨闭门时。
三更忽轸哀鸿思，九月无襦淮水湄。

小注云："出都时，有'空山夜雨'之句，今果应。今秋自淮以南，千里苦雨。"诗的前两句说相信诗谶确实存在，在四月间的诗中就预言自己闭门高卧时会听到夜雨之声，如今不幸言中，果真空山独居，冷雨敲窗。然而，诗人想到的不是个人旅途的劳顿和夜雨引起的离愁别恨，而是久雨给贫苦的百姓带来的灾难。正是人民的流离失所、衣不蔽体，令诗人彻夜不眠。可见定盦对百姓的关切，作为退职的官吏，他已无力为人民做更多的事，然而作为诗人，他却对民生疾苦寄予无限同情。

定盦三十二岁之后笃意学佛，颇相信佛教的生死轮回、因果报应之说，故他的诗文创作中也流露出相信冥冥中有果报的思想。如他的《乞粥保阳》诗云："上伤造物和，下令福德朽。所以壮岁贫，天意蓄报久。"他以为自己中年的贫穷是出于天意之报应，因而他相信诗谶的说法也就是很自然的事了。其实所谓诗谶只是一种巧合，然而诗歌直接反映了作者的心志和希望，甚至体现了作者的某些潜在意识，从这个角度来看，诗歌预示了某些将来会发生的事，则是无可厚非的。然如果以为由诗可以卜知未来，则纯属乌有之谈，还是宋人《王直方诗话》中说得有理：

> 人谓富贵不得言贫贱事，少壮中不得言衰老，康强不得言疾病死亡，或犯之，谓之诗谶：是大不然。诗者，妙观逸相，岂限绳墨哉？王维作雪中画芭蕉，《诗眼》见已知其神情善寓于扬，俗论则谶其不知寒暑。荆公方大拜，忽书其壁曰："霜筠雪竹钟山寺，投老归欤寄此生。"东坡诗曰："平生万事足，所欠惟一死。"岂可与俗论。

可见大可不必因诗谶而畏首畏尾，要来临的总归会来临，不会来临的也绝不会因作诗而来临。诗谶之说，只是人们对已发生的事情所作的附会，所谓"事后诸葛亮"而已。

定公四十遇灵箫

　　龚自珍在己亥（1839年）出都以后，他对自己的生活用了"选色谈空"四个字来加以概括，与他二十年前所谓"美人经卷葬华年"的理想是一致的。这年的五月，当他由北京回故乡杭州的路上经过清江浦（即袁浦）的时候，果真遇见了一位绝世佳人，而且对她动了真情，虽然他们的一场悲欢离合终成泡影，却在定盦的心中留下了不可磨灭的痕迹，《己亥杂诗》中就有三十余首是为她而写的。

　　他是在一次宴席上遇见了妓女灵箫的，当他们目光相接的一瞬，他似乎已感到了这是命定的相会，本来到了四十多岁的年纪不应有一见钟情的事了，然而感情的波澜在他心中难以抑制。席间限韵赋诗，他得了"箫"字，于是作了三首七绝，其中的一首是这样的：

天花拂袂著难销，始愧声闻力未超。

青史他年烦点染，定公四纪遇灵箫。

据《维摩诘所说经》，天女用花撒在诸菩萨和大弟子的身上，当花瓣落在菩萨身上时随即又纷纷落地，而在大弟子身上却黏住不动了。天女说，对于那些结习未销的人，花就会留在他身上，而对那些超脱世情、四大皆空的人，花就无法附留其身了。定盦用了这个佛教的典故说明自己尽管学佛修道，诵经听法，但是终究没能摆脱尘缘，当他一见到绝色的红颜，便如天花着衣，难以忘情了。这也许是命中注定的，他的一生似乎就在等待着这一天，甚至一部历史也应该记住这一天，故而诗人要求将来修史的人们为他们如今的会面在青史上记下一笔：龚定盦四十八岁时遇见了灵箫。

定盦的一生中虽然有过许多次艳遇，然而这一次似乎是真的动了感情，他说灵箫的一言一语对于自己就像是天降的恩旨，永远铭刻在心中难以消失。果然，当他九月间再次起程北上迎接居京的眷属时，又过袁浦，就忍不住再去寻访灵箫，九月二十五日至十月六日的十天中他留在袁浦，他自己说这十日中"大抵醉梦时多醒时少也"。于是写下了二十七首《瘭词》，记录了与灵箫共度的那些朝朝暮暮。

灵箫在初次与定盦见面的时候就曾提到过为她赎身的问题，这一次她又提出了，"豆蔻芳温启瓠犀，伤心前度语重提"，然而诗人觉得自己的年龄太大，而且本欲仿效那梅妻鹤子的林逋在平静淡泊中了此余生，所以难以接受这如三春盛开的牡丹般浓艳明丽的少女。因而，当灵箫向他提出以身相委时，他畏怯了，劝她还是管领风骚，继续支撑这东南的繁华气象，不宜轻易地追踪我这个如泛舟五湖的范蠡般浪迹天涯的人，"撑住东南金粉气，未须料理五湖船"，便是他的托词。然而，她那绵绵情话如天外飘然而来的一朵彩云令诗人销魂，他感到这场情缘是命定的，像是自己为报答平生所欠的恩惠，劫数难逃。她那娇媚的声音如珠泻泉，摄人心魄，使诗人僵冷的心重又复苏了，似乎回到少年多情的时代，以下两首诗便刻画此种心境：

> 鹤背天风堕片言，能苏万古落花魂。
> 征衫不渍寻常泪，此是平生未报恩。

> 小语精微沥耳圆，况聆珠玉泻如泉。
> 一番心上温馨过，明镜明朝定少年。

然而灵箫绝不是一个只知温柔缠绵的女性，而颇有几分须眉之气，她不愿一味地沉湎于卿卿我我之中，爱慕英杰，不乏刚烈的个性，诗人这样写她：

> 风云材略已消磨，甘隶妆台伺眼波。

为恐刘郎英气尽，卷帘梳洗望黄河。

玉树坚牢不病身，耻为娇喘与轻罂。
天花岂用灵幡护，活色生香五百春。

眉痕英绝语诿诿，指挥小婢带韬略。
幸汝生逢清晏时，不然剑底桃花落。

　　一位风尘女子有如此的胸襟实在是难得了，当诗人心中的风云才略几乎消磨殆尽的时候，她却一面梳洗，一面卷起了帘幕，遥望那日夜奔腾咆哮的黄河，似乎是有意地激励诗人莫忘英锐的志气。她也不像那些以娇喘轻罂来取宠的女子，而充满着生机与活力，像是生趣盎然的鲜花，活色生香，不用人工的护持，却健康茁壮，也许还带着几分野趣和天真。她的眉宇之间有着不同凡响的气概，指挥起小婢来就像个出征的将军，因而诗人感叹说，要是她生在战乱的年代，也许还真是个像西楚霸王项羽宠爱的虞姬那样挥剑自刎的刚烈女性呢。定盦所尊重的前辈诗人舒位的《重题项王墓》中有句云："美人一剑花初落。"即以花落喻虞姬的自刎，故定盦这里袭用其句意。

　　在对灵箫的赞美中其实也表现了诗人自己的审美理想和壮志未酬的心情，定盦很喜欢南宋词人姜夔词中的"仗酒祓清秋，花销英气"

二句，故镌有"酒被清秋花销英气"一印，如今他唯恐自己锐志消沉，故借灵箫的行为而自勉，"卷帘梳洗望黄河"，只是一个女子下意识的动作，然而在诗人的心中激起了壮心不已的联想。定盦对黄河有一种特殊的感情，他对治理黄河极为关心，如《咏史》二首就专咏其事，《己亥杂诗》中也有"黄河女直徙南东"一首嘲笑食古不化的治黄者，因而黄河在他的眼里象征着中华民族，"望黄河"三字便寓有无限的怅触和感慨。

灵箫不以矫揉造作来表现自己，而是健康直率的化身，这本身就体现了定盦对女性的审美态度，他的反对缠足，热爱满族女子的粗犷，都说明他所爱慕的是健康的美，而不是病态的美。他对灵箫的依恋正是由于其刚烈的性格和清灵秀逸的英姿，她甚至还有几分超尘脱俗的仙气，下面两首便写她的美貌：

云英化水景光新，略似骖鸾缥缈身。
一队画师齐敛手，只容心里贮秾春。

绝色呼他心未安，品题天女本来难。
梅魂菊影商量遍，忍作人间花草看！

诗人说她就像唐人裴铏《传奇》中所描绘的神秘的美女云英，又像乘鸾驾凤来往于云中的仙女，她们身处缥缈虚幻境界之中，其风神姿态自然超越常人，因而任你画师有天大的本领，也难以描绘出她的丰姿艳态。即使以"绝代佳人"称她，也还觉得于心不安，因为她本来就属于天界，非人间的笔墨所能形容品题。就像你用"梅魂""菊影"去称赞琅苑仙草总会觉得不妥吧。这两首诗中定盦巧妙地运用了画师敛手和文人词穷来刻画灵箫的美艳实在到了登峰造极、无以复加的地步。

灵箫很希望定盦能为她赎身，于是问起他家中是否已有妻室，诗人告诉他："臣朔家原有细君，司香燕姞略知文。无须诃我山中事，可肯花间领右军？"意谓虽然家已有妻，但她是否愿意为侧室。右军原指古代军队编制，这里指侧室。然而灵箫却忧心忡忡，显得有些喜怒无常，遂与定盦闹了些小小的别扭，于是他故意地不辞而别：

> 喜汝文无一笔平，堕侬五里雾中行。
>
> 悲欢离合本如此，错怨蛾眉解用兵。
>
> 美人才地太玲珑，我亦阴符满腹中。
>
> 今日帘旌秋缥缈，长天飞去一征鸿。

对于她的莫测高深、变化无常，诗人真如堕五里雾中，转而一想，人生的悲欢离合也许本该如此，自己责怪灵箫懂得用兵的诡诈恐怕是错怪红颜了。然而诗人还是略施狡黠，故意不辞而别，犹如秋天长空中一只远征的孤鸿飘然而去。但灵箫确实着急了，她写了一封信来向诗人赔罪，诗人也深感歉疚，"六朝文体闲征遍，那有箫娘谢罪书？"于是他决定娶她，永结百年之好，"万一天填恨海平，羽琌安稳贮云英""绾就同心坚俟汝，羽琌山下是西陵"。羽琌山馆是定盦在昆山的寓所，他有意与灵箫结成良缘，而那羽琌山馆便是他们爱情的见证了。古人《钱塘苏小歌》有"何处结同心？西陵松柏下"的句子，这里即借用其意。然而，他们终于没有成为眷属，定盦还是撇下她走了，她为了将要来临的离别而黯然神伤，望着雾一般的月光彻夜未眠；他也生怕离别的苦酒，于是"报道妆成来送我，避卿先上木兰船"，不等她来到便悄然而去了，《寱词》也就到这里一曲终了。然而远去的舟中不仅载着只身而去的诗人，而且载着一船愁思，当他走到离清江浦三十五里的渔沟时他又写了一首诗寄给灵箫：

欲求缥缈反幽深，悔杀前番拂袖心。
难学冥鸿不回首，长天飞过又遗音。

诗人欲摆脱情感的纠葛，去追求空寂缥缈的心境，却反而陷入了深沉的悔恨，自己的拂袖飘然而去酿成了难咽的苦果。想学那征鸿高飞远举，掉头不顾，可是难以办到，还是低回留恋，频频回首，在长空留下了一缕哀音。当定盦到顺河集，他的心渐渐平静，又回复到佛教的静心息欲中去了，他最后在十月十日写下了一首诗寄给灵箫：

阅历天花悟后身，为谁出定亦前因。

一灯古店斋心坐，不似云屏梦里人。

他已是曾经沧海的人了，与灵箫这样出众的女子有过一段情缘之后方能达到大彻大悟。自己虽然学佛多年，然而见到她却顿时败了戒体，像是已经入定的僧人再次出定，然而思量起来，这也是前生注定的，如今事过境迁，寄身旅舍，寂然枯坐，已不复是云屏畔美人梦中之人了。定盦在这首诗中力图割断情丝，皈依空门，所以他说"自此不复为此人有诗矣"。

其实，定盦还是未能忘情于她，两个月以后，当他接了家眷南回时重过袁浦，禁不住又去打听灵箫的消息，然而，听人说灵箫已经回到苏州老家去了，而且从此闭门谢客，不再出入于风月之场，于是定盦感叹道："其出处心迹亦有不可测者。"也许是芳心破碎，也许是有了托身之所，也许如定盦所说的"阅历天花"而大彻大悟。总之，这一段缠绵悱恻的恋情如一颗晶莹清泠的露珠，在晨风曦光中悄然而逝了，我们只能凭借着这数十首凄艳动人的小诗而去追寻那已消失的梦幻。

| 窘而好博 |

定盦不是完人，他虽然思想敏锐，有正义感，而且才思敏捷，真率坦诚，但作为一个旧家子弟和旧时代的风流才子，他确也沾有不少恶习，如宿娼和赌博。这在他的诗歌创作中都有所表现。他的集中有不少歌咏妓女的诗词，有的真切动人，有的只是记录了自己少年的风流韵事，当然这在历来文人墨客的笔下是无须讳言的；然而将赌博入诗者历来较少见，定盦的诗中也仅见一首，这就是《己亥杂诗》中的第二百六十七首：

电笑何妨再一回，忽逢玉女谏书来。

东王万八千骁尽，为报投壶乏箭材。

这首诗是为妓女灵箫写的《寱词》中之一，大概灵箫也知道定盦好赌或听说他输了钱，于是写了封信劝他戒此恶习，定盦的诗不仅是此事的纪录，而且算作对红颜的回报。

据《神异经》上说，东荒山中有大石室，仙人东王公就住在那里，他常与一神女（玉女）作投壶之戏，每次投出一千二百矢，如不中，则"天为之笑"。所谓"天笑"，据说就是不下雨而闪电，所以定盦以"电笑"来指投壶之戏的失败，也代指赌博的输钱。当他正想何妨再赌的时候，忽然接到了灵箫的来书，劝他早日戒赌。其实他本也无法再赌，因为本钱已输得精光。"东王"两句以自嘲的口吻和委婉的笔墨说出了自己资材耗尽、赌本匮乏的处境，并暗示了自己积习难改。《西京杂记》中说："武帝时，郭舍人善投壶，激矢令还，一矢百余返，谓之为骁。"故此以"骁"借指赌博的筹码，而以投壶用的"箭材"比作赌本。有一种定盦诗集的本子于此诗下注："此定公负博进而作也。魏蕃室云。"可知这是他赌输了钱之后所作的。

定盦嗜赌的情形在后来一些笔记中也有记载，故似非凭空捏造，他的朋友周仪暐也曾有诗谈到过定盦嗜赌的习性，其《三月七日偕子广出都忆都中杂事而录以纪实》的第七首云：

嗤他阳向术非工，古意沉酣射覆中。

何必樗蒲须担石，神仙妙手本空空。

诗后自注云："龚璱人主事窘而好博。"诗既明言为"实录"，又是为定盦而作的，看来他的嗜赌是实有其事了。诗中的"阳向"，是指汉代的王吉（字子阳）和刘向二人，因据《汉书》本传中说，他们都会炼金。周诗却说他们与射覆赌博之事相较则无可夸耀了，因为赌博的赢钱纯是无中生有，来得比炼金更容易。所以诗中说樗蒲之戏不必担石之资，只要有手段和运气便可如神仙一般妙手空空而取人钱财。当然，整首诗既有嘲谑也有规劝的意味在其中，但似乎说定盦嗜赌而有奇术。

后人的笔记中有说他嗜赌，而赌术实在不佳的，冒广生的《孽海花闲话》中说他："自谓有神技，而每赌辄输。"《清稗类钞》上的记载就更加生动有趣：

定盦嗜博，尤其酷好一种摇摊的博戏，他曾在帐顶上画了先天象卦，专心研究其中的奥妙，自以为能有所悟，胜券在握，然而一赌起来却连连败北。当时杭州有个盐商，常请些名士在家里聚会，酒喝到七八成之后便到屋后的花园里去以赌博为戏。某天有个姓王的商人晚到了，进门的时候就看见定盦独自一人在园中拂水弄花，昂观行云，有萧然出尘之慨。王某认得是当今大名鼎鼎的诗人龚定盦，便赶紧走上前去说："我本想先生超尘脱俗，今日一见，果然如此清高，实在当得起雅人深致的美称。"定盦却笑道："陶渊明篱边种菊，悠然地看着南山，其实这并不是他的本意，只是无可奈何，所以才放情山水，以此来抒发自己的忧郁罢了。所以他的诗文愈是旷达，愈是证明他不能忘情于人世。我今天的拂水弄花，也与陶老先生是一样的。"说完了这一番话之后他略做沉吟，便又说道："今天赌博中赢钱的门路我早已算就，是万无一失的，但只是苦于资财短缺，使得英雄无用武之地了，可惜没有豪杰之士借给我本钱。"王某一向很倾慕定盦的文名，听他如此一说便慷慨解囊相赠，并与他一起入局，谁知道定盦每赌必输，不到三五次，全部本钱就输了个精光，龚氏怒甚，扬长而去。

这个故事不知是否确凿，如果可靠的话，说明定盦嗜赌却未能常操胜券。他也许视赌博为一种学问，纯从理论上去探究其奥妙，其实只是纸上谈兵，十足的书生气；或许是由于文章憎命，时运不济，虽有精诣而终不能取胜。总之，定盦与赌博确有不解之缘，他所以在诗中直言不讳，正体现了他的天真率直与放浪不羁的个性。

| 丁香花疑案 |

　　定盦一生中有不少解不开的谜，如他的恋爱事迹，他己亥出都的原因以及暴死丹阳的事实等，然而有人却以一首小诗来解释这一切，这就是龚氏《己亥杂诗》中一首有关丁香花的诗，围绕这首诗产生了一些推测与疑惑，因而后人称之为"丁香花疑案"。诗是这样的：

　　　　空山徙倚倦游身，梦见城西阆苑春。
　　　　一骑传笺朱邸晚，临风递与缟衣人。

　　诗的原意本来并不复杂，而且龚氏自己有一行小注，说："忆宣武门内太平湖之丁香花一首。"诗意谓自己对于宦海沉浮甚感厌倦，然梦见京城西面仙苑中的丁香花则给人以春天的气息，可以说是京城沉闷空气中的一点生机和希望。

诗的后两句也许是回忆当时的所见，也许是暗寓诗人的一段情缘，也许是刻画赏花的情致。就字面而言，写暮色苍茫的时候，从那富丽堂皇的府邸中出来一个骑马的人，把一封花笺递给了临风而立的身穿白色绢衣之人。解此诗的人以为"缟衣人"用的是《诗经·郑风·出其东门》上"缟衣綦巾，聊乐我员"的话，所以"缟衣人"谓贫家之妇，与前一句朱邸中人遥相呼应，所以有人认为是指定盦之妻，按此说法，朱邸中人与定盦之妇有旧，所以折出一枝丁香花来送给她。但"缟衣"按郑玄的说法也可解为"白色男服也"，那么"缟衣人"就是作者自指了，从整首诗来看，这种说法似乎较合理，因前两句分明是诗人的感喟，说自己倦于仕宦而渴想春光，所以后两句中传递花笺的对象也自然是诗人本身了。

然而，问题的关键是这"朱邸"中人究竟是谁。近代的文人冒鹤亭、罗瘿公及曾朴等人根据传闻或野史，以为是当时著名的女词人顾太清。她名春，字子春，号太清，是奕绘贝勒的侧室。她才华出众，擅于诗词，尤以词名。因为她是旗籍，所以有人将她与纳兰性德并举，有"满洲词人，男中成容若，女中太清春"之称。她与丈夫奕绘同住太平湖本邸，奕绘也能诗，其《明善堂集》中有"太平湖畔吾家住，车骑翩翩侍宴还"句，其地正与定盦诗注中所说的"宣武门内太平湖"相契，所以后人以为龚诗中所谓的"朱邸"就是指顾太清的宅邸，而且定盦的《无著词》中也有不少写自己与一贵家女子的恋爱隐情，如《桂殿秋》及《梦芙蓉本意》等，都显然写一水畔美人，因而有人以为《丁香花》诗与《无著词》所写的对象为同一人。

顾太清是当时的风流才女，龚定盦是声名卓著的骚坛领袖，有关他们的风流韵事自然能引动人们的兴趣，所以这事得到了小说家的青睐，《孽海花》中就以龚自珍的儿子龚孝琪之口将此敷衍成一段有声有色的故事，如写他们的见面：

> 有一天，衙中有事，明善（即奕绘）恰到西山，我老子跟踪前往。那日，天正下着大雪，遇见明善和太清并辔从林子里出来，太清内家装束，外披着一件大红斗篷，映着雪光，红的红，白的白，艳色娇姿，把他老人家的魂摄去了。从此日夜相思，甘为情死。但使无青鸟，客少黄衫，也只好藏之心中罢了。不想孽缘凑巧，好事飞来，忽然在逛庙的时候，彼此又遇见了。我老子见明善不在，就大胆上去说了几句蒙古话。太清也微笑地回答。

这样的描写自然只是小说家言，不足为信，但正是由于这样绘声绘色的描写，令龚顾的恋爱成了一桩不胫而走的文坛掌故。

这种由捕风捉影的猜测成为流传人口的公案，对历来解释定盦与太清生平事迹与诗词创作的人多了一件索引和附会的依据，于是以为定盦的出都即因为东窗事发，奕绘发现妻子与定盦的隐情，欲置之死地而后快，因此定盦匆遽出都，连家眷也未及随身携带，实有远身避祸、狼狈出逃的意味，甚至到了此年冬天他再次北上迎眷的时候，也还不敢入京城。《己亥杂诗》中有"任丘马首有筝琶"与"房山一角露峻嶒"两首，其小注云："遣一仆入都迎眷属，自驻任丘县待之。"又云："儿子书来，乞稍稍北，乃进次于雄县，又请，乃又进次于固安县。"因而有人以为定盦是惧怕仇家施以报复，有意躲避。至道光二十一年（1841年）定盦暴卒于江苏丹阳，关于其死因众说纷纭，其中广为流传的说法就是奕绘家派人在定盦的食物中下了毒，可见"丁香花"一案对其一生是至关重要的。

至于顾太清，虽然从其存留的诗词作品来看，她与奕绘的夫妻感情极好，奕绘本人也具有文采风流，所以夫唱妇随，融融泄泄，相得甚欢，所以后人有"九年占尽专房宠"（冒广生《记太清遗事》）的说法。然而，在奕绘死后三月，太清曾受奕绘之母的命令而出居邸外，于是她变卖了自己的金凤钗，于养马营一带另租了一幢住宅，据说出邸时也很狼狈，太清的《天游阁诗集》卷四中有诗云："仙人已化云间鹤，华表何年一再回。亡肉奇冤谁代雪？牵罗补屋自应该。已看凤翅凌风去，剩有花光照眼来。兀坐不堪思往事，九回肠断寸心哀。"可见其移家出居时的悲哀，所以后来论者疑心太清有不可告人之丑事落于奕绘前妻妙华夫人之子载钧之手，故挟持祖母而命太清出邸。但这种猜测根据不足，长子与后母之间的龃龉本也是人之常情，何必一定要有偷情的隐私。然而牵涉风流才子与女中英杰，所以一时传为韵事，加之定盦的诗本身有些扑朔迷离，令人费解，故遭人猜忌。有人以为定盦为了标新立异，故意在诗中表示了一些朦胧的暗示，而正值太清与载钧不合，遂弄假成真，害了自己，也玷污了太清的令名。

　　根据后来孟森先生与苏雪林女士的考证，龚、顾间的浪漫史纯属文人的无稽之谈。然而作为文坛逸事，丁香花一案已广为流传，可见作诗不仅会招惹生前之祸，甚至还会令身后蒙受不白之冤。

| 曼倩后生 |

"从来才大人，面目不专一"（《题王子梅盗诗图》），自古以来的聪明睿智者往往都能嬉笑怒骂，皆成文章，庄子如此，韩愈如此，苏轼如此，定盦也是如此。

定盦是一个富于幽默感的人，据说他与人谈话时妙语连珠，机锋迭出，《清稗类钞》上说："仁和龚定盦礼部自珍有异表，顶棱起而四分，如十字形，额凹下而颏仰上，目炯炯如岩下电，眇小精悍，作止无常则，语非滑稽，不以出诸口也。"当然，定盦之所以幽默滑稽，不仅在于他的机智过人，而且缘于现实本身的颠倒错乱，令人发笑，定盦正是以笑声将这种悖理的现象撕破给人看。如他在扬州时，某盐商设宴，座席中多半是附庸风雅的市侩之徒，酒过三巡，有人提议联诗，首席高吟道："洽是桃红柳绿天。"定盦正好坐在他旁边，于是续曰："太夫人移步出堂前。"众人听了哗然，争着问他为何诗句中多了一个字，定盦却笑着说："我还以为是盲词呢。"于是那位出了首句的富商面红耳赤，无地自容了。

定盦喜好幽默，因而对古代的滑稽大师东方朔很表敬仰，他年轻时曾读《汉书·东方朔传》，恍惚若有所遇，遂自称是东方朔转世，并请了篆刻家嘉兴文鼎为他刻了一方印，上镌"曼倩（东方朔字）后生"四字。定盦在自己的诗中也屡屡以东方朔自比，如《己亥杂诗》第十七首中云："金门缥缈廿年身，悔向云中露一鳞，终古汉家狂执戟，谁疑臣朔是星辰？"他自悔居京二十年而偶露峥嵘，故招人嫉妒，不如像东方朔那样佯狂玩世，虽然身为执戟郎，却能大隐于朝市，终可远身避祸，无人知其真正的面目。据《东方朔别传》上说，东方朔是岁星下凡，故龚诗有"臣朔是岁星"的说法。又如《己亥杂诗》第五十二首云："齿如编贝汉东方，不学咿嚘况对扬。屋瓦自惊天自笑，丹毫圆折露华瀼。"这一首也以东方朔自比，以为自己朝见天子时对答自如，声音洪亮，因而被记名。凡此，都说明他颇欲以东方朔为楷模，倾慕东方朔的人格与能以幽默处世的精神。

幽默是一种才华，也是一种气度，能以微笑而面对坎坷人生的，不仅是智者，而且是勇者，因此有人称幽默是越过现实缺陷的桥梁，减轻人生重担的拐杖。定盦的诗正说明了这一点，他的《堕一齿戏作》云：

与我相依卅五年，论文说法赖卿宣。

感卿报我无常信，瘗向垂垂花树边。

这诗写自己在三十五岁时掉了一颗牙齿。落牙本来是一件憾事，且不说它带来的痛苦和不便，它至少宣告了人的老之将至，生命已开始走下坡路了。然而定盦却以幽默的态度处之，遂使自己不为此沮丧而反得了安慰，使后来读此诗的人也觉轻松而莞尔一笑。牙齿与诗人相依相傍已经三十五年了，自己平日喜欢论文说法也全然凭着它的帮助，一旦离去，就像一位朝夕相处的朋友终于要分手了。这次的分手正预示了人生的无常，诗人感谢它给自己报信，于是打算将它埋在开满了鲜花的树旁。这样，就将一个本来十分感伤而乏味的主题写得很轻松活泼了，甚至还带着点美的意味。

这令人想起了韩愈的《落齿》诗来，韩诗也写得十分诙谐有趣："……倘常岁落一，自足支两纪。如其落并空，与渐亦同指。人言齿之落，寿命理难恃。我言生有涯，长短俱死尔。人言齿之豁，左右惊谛视，我言庄周云，木雁各有喜。语讹默固好，嚼废软还美。因歌遂成诗，持用诧妻子。"韩愈完全用庄子"齐彭殇，一死生"的观点来看待齿之落与否，落得快与慢，因而得出了旷达的结论，诗也写得轻松滑稽，与定盦堕齿诗有异曲同工之妙。

幽默犹如一帖解毒的清凉剂，它可以使你在严酷的现实中驱散愁云，即使忧患来临，也可以此作自我排遣。如定盦的《赋忧患》一首就是如此：

> 故扬人寰少，犹蒙忧患俱。
> 春深恒作伴，宵梦亦先驱。
> 不逐年华改，难同逝水徂。
> 多情谁似汝？未忍托禳巫。

定盦也完全用了拟人的手法，将忧患写成一位与自己难分难舍的老朋友，当人世的朋友相继逝去以后，只有"忧患"与他同在，无论是白天还是睡梦中时刻与他形影不离，它既不随岁月的流逝而有所改变，也不与似水年华般一去不返，世上的有情人就数它最诚笃，所以诗人不忍心去请巫神把它赶走。

定盦生当清王朝由盛世走向衰世之际，国家的内忧外患纷至沓来，因而诗人感到了时代的风雨，所以有着强烈的忧患意识，这在他的诗中也频频出现，如云"醇醇心肝淳，莽莽忧患伏"（《丙戌秋作，独游法源寺》），"忧患吾故物，明月吾故人"（《寒月吟》），"又如先生平生之忧患，恍惚怪诞百出难穷期"（《西郊落花歌》），因而他曾题其居为"积思之门"，书其室为"寡欢之府"，铭其评为"多愤之木"（《与江居士笺》），都说明他胸中有着深沉的悲愤。然而，定盦在这首《赋忧患》中只是以一种调侃诙诡的笔墨将自己长久的忧患表达出来，他纯用人格化的手法，表明自己似与"忧患"是天作之合，永远难分难解。虽然此诗的背后蕴伏着悲伤和忧愁，然而读来亲切流畅，将自己的难言之隐在轻松的调子中曲曲传出，这也与韩愈的《送穷文》中所表现出来的机智和幽默相类似。

幽默可使人乐观、豁达，幽默可以开放人的精神，使之超脱尘世的种种烦恼，这正是定盦所以采取幽默的态度来对待人生的原因。同时，定盦还以他的幽默和机智来针砭当时种种不合理的现象，如他的《伪鼎行》以生动的笔墨刻画了一个丑陋的伪善者的面目；他的《馎饦谣》以幽默的手法讥讽了物价暴涨的现实；他的《人草藁》也以滑稽突梯的语言给饱食终日、无所用心的官僚画了一幅绝妙的肖像。总之，定盦以幽默来减轻现实加在他身上的负担，也以幽默来发泄对社会弊病的不满和鞭挞，因而他不愧为一位出色的幽默艺术家。

| 教子诗 |

　　诗人们往往用诗歌的形式来教育子女，因为这些诗是写给自己的儿女们看的，所以浅切而真挚，毫不掩饰地表现了诗人的真实思想和对人生的态度。如陶渊明的《责子》：

> 白发被两鬓，肌肤不复实。
>
> 虽有五男儿，总不好纸笔。
>
> 阿舒已二八，懒惰故无匹；
>
> 阿宣行志学，而不爱文术；
>
> 雍端年十三，不识六与七；
>
> 通子垂九龄，但觅梨与栗。
>
> 天运苟如此，且进杯中物。

这首诗中一方面表现了陶渊明对诸儿慈祥戏谑的态度，另一方面也表现了他达观知命的人生哲学。后来杜甫在其《遣兴》一诗中说："有子贤与愚，何其挂怀抱。"后人以为是指责渊明断断于后辈的贤愚，不能忘却世情。其实，黄庭坚已经辩解得很清楚了，杜甫的本意并不在诋讥陶潜，而在于自我解嘲。杜甫入川后，有人讥其子宗文、宗武失学，故老杜抬出陶渊明来为自己开脱，所以黄庭坚以为以杜意为诟病陶潜，实在是"痴人前不得说梦"了。山谷也可以说是渊明与老杜的知音。然而，我想一般的父母也确难以那么超脱，既然生儿育女，总希望他们成材、有出息。韩愈的《示儿》诗与《符读书城南》大概可算这种思想的典型了，如《示儿》一首说：

> 始我来京师，止携一束书。
> 辛勤三十年，以有此屋庐。
> 此屋岂为华，于我自有余。
> 中堂高且新，四时登牢蔬。
> 前荣馔宾亲，冠婚之所于。
> ……

　　诗的后半说妻受诰封，往还出入无非公卿大夫、有识之士，全诗率意自述，语语皆真实可爱。然而就是这样一首诗，却遭到了后代道学家的非难，朱熹以为韩愈在诗中不以"行道忧世"来教子，却晓之以利禄，"其本心何如哉？"欲以此来訾议韩愈的人格。其实，在我们今天看来，朱夫子的高调正违背了人的本性。《庄子》上说，癞头的人生了儿子，赶快以火照照，看看儿子是否秃头，就体现了父母对儿子的关切与期望。"望子成龙"这句老话本来就反映了人之常情，韩愈也不例外，他以自己的经验诱导儿子，从浅切生动的家常之事去感发其意志，使做儿子的有所羡慕趋向，这正是韩愈的苦心孤诣和直率可爱之处，故程学恂评此诗说："教幼子止用浅说，即如古人肄雅加冠，亦不过期以服官尊贵而已，何尝如熙宁、元丰诸大儒，必开以性命之学，始为善教哉？"言外之意也不满宋儒的高自标格，以大帽子压人。

定盦也有教子的诗，这就是《己亥杂诗》中的"儿子昌匏书来，以四诗答之"，其言曰：

> 艰危门户要人持，孝出贫家谚有之。
> 葆汝心光淳闷在，皇天竺胙总无私。
>
> 虽然大器晚年成，卓荦全凭弱冠争。
> 多识前言畜其德，莫抛心力贸才名。
>
> 俭腹高谈我用忧，肯肩朴学胜封侯。
> 五经烂熟家常饭，莫似而翁歠九流。

图籍移从肺腑家，而翁学本段金沙。

丹黄字字皆珍重。为裹青毡载一车。

在这里定盦教育儿子宜保持心灵的宽厚和诚朴，继承家学不必去追求虚名，而要取法前贤，以提高自己的道德修养。他虽然主张大器晚成，然也要求少壮努力，切莫虚掷光阴。在学问上他提倡乾嘉以来的朴学，不满枵腹空谈的习尚，以为能继朴学之风则胜似封侯拜相，其实这也是他的家学，所以他要儿子走其外祖段玉裁的学问之道，致力于古代典籍的丹黄校勘、圈点研读，而其中尤以儒家的经典为首要之务，劝儿子不要学自己的旁骛九流，"五经烂熟家常饭，莫似而翁歇九流"两句既是教子之言，又寓有自嘲自责之意。

昌匏是定盦的大儿子，名橙，又名公襄，字孝拱，少即以才自负，久试不遇，然学闻渊博，治经宗晚周西汉，于校勘亦精，著有《诗本谊》《六典》《象书》《六经传记逸诗周书韵表》《重订易韵表》《论语诸子原韵表》《元志》《雁足灯考》及《古俗通谊》等。

曾朴的《孽海花》中把龚橙写成一个投降洋人的帮凶，甚至说八国联军入侵时的火烧圆明园，就是他出的主意，并借其妾爱林之口解释说他如此做的目的是要报杀父之仇，遂引出一篇离奇动人的定盦与顾太清私通、后遭其夫家残害的故事，然这终究是小说家言，不足为训。据谭献的《龚公襄传》中说，龚橙久试不遇，虽曾屡向当权者投书献策，然终未得到重用，于是寓居上海，以名父之子的身份过着放浪形骸的生活，他又精通外语，常穿着西服革履，与洋人往来。为人多诡异之行，著述也多非常可怪之论。也许正是由于这种种怪异的行为，庚申之变（1860年）时，谣传说他投靠了英国大使威妥玛，做了幕宾。这虽然是传说，但也说明他为人的怪怪奇奇，大概正是接受了定盦的遗传，处世待人喜标新立异，不谐流俗。所以谭献说他："怀抱大略，不见推达，退而著书，又多非常异议可怪之论，所谓数奇者也。"

后来冒鹤亭在1944年的《古今》半月刊上发表了《孽海花闲话》，其中更记载了若干关于定盦之子龚橙的逸事，可见其性格的乖张，录之以备见闻：

> 英使在礼部大堂议和时，龚橙亦列席，百般刁难。恭王大不堪，曰："龚橙世受国恩，奈何为虎添翼耶？"龚厉声曰："吾父不得官翰林，吾贫至糊口于外人，吾家何受恩之有？"恭王瞠目看天，不能语。

> 龚橙在沪时，值岁暮，有乡人来，欲借贷，甫开口，龚即斥之曰："我安得钱？"既而曰："君远来，今晚请聚丰园吃饭，丹桂听戏。"乡人不敢不来，来则见戏院中间，凡十数

方桌，来客及妓，皆与龚周旋，问所费几何，曰四五百番。乡人曰："我所求于君者，只百番，君少请数客，吾得度年矣。"龚又斥之曰："百番亦值得向我开口耶？汝无出息，汝终身不必再见我。"其不近人情诸类此。

这里所描绘的情形，虽不知是否确有其事，但说明龚橙是个不大理会世情，颇有奇志异行的人，参之以谭献《龚公襄传》，我以为冒氏所记之事也并非绝无可能，而定公当日戒之以"葆汝心光淳闷在""莫抛心力贸才名""俭腹高谈我用忧"等等，大概也已见到了此子才高志奇的特点，所以劝他恪守宽厚诚朴之道，不必夸谈而求虚名。

时代的预言家

　　"风雨如晦，鸡鸣不已"是《诗经·郑风·风雨》中的句子，后世的人们以此象征在黑暗的时代中能预见光明唤醒人民的勇士。

　　"冬天已经来临，春天还会远吗？"这是英国诗人雪莱《西风颂》中的名句，表现了诗人对未来的信心，因而被后人称为"天才的预言家"。

　　一切有识之士都是如此，他们走在时代的前列，具有超越时代的意识，龚自珍就是其中之一。然而，定盦所预言的不是光明和希望，而是黑暗与忧患。他生活在由乾、嘉盛世向清王朝颓败衰亡的过渡时期，一般的士人还陶醉在大清帝国的升平气象之下，悠游于考据、辞章的钻研与推敲之中。然而定盫却看到了时代的暗影。这在他二十八岁时所写的《杂诗，己卯自春徂夏，在京师作，得十有四首》之一中就可以见到：

> 楼阁参差未上灯，菰芦深处有人行。
> 凭君且莫登高望，忽忽中原暮霭生。

据定盫自己说，这首诗题在北京陶然亭的墙上，陶然亭一带地势低洼，芦苇丛生，诗人在黄昏时分登上了楼阁，而芦苇深处似乎还有人影晃动，于是令他暗自心惊，一种茫然的恐惧感油然而生，所以诗中说不必去登高远眺，那莽莽苍苍的中原大地上，正有昏暗而可怕的暮霭渐渐升腾而起。

诗表面上似乎只是年青诗人触景生情的描述，而其思想深处分明意在借景寓情，以昏暗的暮色比喻行将出现在中华大地的阽危和动乱。它像一个幽灵，飘拂在芦苇深处，预示着夜一般的黑暗与险恶。

定盫的先见，就在于他身当清王朝表面上还处于太平盛世的年代，却已能洞察幽微，看到了潜伏中的时代危机，预示"衰世"的出现，他在那篇著名的《乙丙之际箸议第九》中描写"衰世"的特征时说："衰世者，文类治世，名类治世，声音笑貌类治世。黑白杂而五色可废也，似治世之太素；宫羽淆而五声可铄也，似治世之希声；道路荒而畔岸隳也，似治世之荡荡便便；人心混混而无口过也，似治世之不议。"当时的社会现状就是如此，它貌似"治世"，而其实即是"日之将夕，悲风骤至"，已经到了病入膏肓的程度，因而定盒说："起而视其世，乱亦竟不远矣。"这就是他对时代所作的预言，可以说是对当时没落的清王朝的一幅绝妙写照，也可视为此诗的一个生动的注脚，在"中原暮霭"之中，他看到了蕴藏着的险象。

定盒的诗中屡屡以黄昏和秋气来象征衰世的悲凉衰飒，如他的《梦中作》中云："夕阳忽下中原去。"《怀沈五锡东、庄四绥甲》中云："白日西倾共九州。"《逆旅题壁，次周伯恬原韵》中云："秋气不惊堂内燕，夕阳还恋路旁鸦。"以及《己亥杂诗》中云："萧萧黄叶空村畔。"《自春徂秋》中云："四海变秋气，一室难为春。"凡此都以暮色和秋气暗喻时事的颓败和没落。"秋"和"暮"这两种自然的景观本身就具有生机萧索、衰飒败落的意味，因而定盒在此中找到了象征时代的意象。如他著名的《尊隐》一文中所说：

> 日之将夕，悲风骤至，人思灯烛，惨惨目光，吸饮莫气，与梦为邻，未即于床，丁此也以有国，而君子适生之……京师之日苦短，山中之日长矣。风恶，水泉恶，尘霾恶，山中泊然而和，冽然而清矣……俄焉寂然，灯烛无光，不闻余言，

但闻鼾声，夜之漫漫，鹍旦不鸣，则山中之民，有大音声起，天地为之钟鼓，神人为之波涛矣。

显然，定盦把风雨飘摇中的清王朝比作日薄西山、气息奄奄的"京师"，而将充满朝气的"山中"比作人类历史的希望，这是他对现实社会所作的预言，正是在那暮气与夜色之中，他听到了天地间隐伏着的大声音，后来鲁迅的诗说"于无声处听惊雷"，即与定盦这里所描绘的境界如出一辙。

定盦不仅对于整个时代的危机作了预言，而且在国家的一些具体谋略上也提出了自己的主张，并坚信这些主张今后必然能够实现，其《己亥杂诗》中的一首云：

文章合有老波澜，莫作鄱阳夹漈看。

五十年中言定验，苍茫六合此微官。

（庚辰岁，为《西域置行省议》《东南罢番舶议》两篇，有谋合刊之者。）

这是定盦回忆自己二十九岁时曾做过的两篇文章。《西域置行省议》中提出了应在新疆建立行省，加强西北边防的管理，防止民族分裂和帝俄的入侵；《东南罢番舶议》已失传，大致主张限制外国轮船进入中国东南港口。二十年以后，当他回忆起自己的年少意气，敢于指陈时弊，还是引以为豪的，他以为自己的文章具有浩荡不平的波澜，字句老辣而有风霜雷霆之气，并不像《文献通考》的作者马端临和《通志》的作者郑樵那样只断断于记载历史掌故与典章制度。诗的最后两句充满着信心，以为自己对时事的建议虽然由于人微言轻而一时不能付诸现实，但坚信五十年中自己的预言一定会实现。事实也正像定盦所逆料的那样，在他写下此诗的四十三年之后，即光绪九年（1883年），新疆终于设置行省，应验了定盦的预言。

当然，定盦不是未卜先知的神人，也没有料事如神的异能，他凭着自己敏锐的思想与对国家安危的热切关注，作出了对时事的推断，这正是建立在对现实的了解和分析基础之上的。然而，他能站在时代的前列，预先感到了山雨欲来的朕兆，看到了潜伏在升平之下的危机，因此，我们称他为时代的预言家。

| 关于涨价的诗 |

通货膨胀，是一个世界性的经济问题，人们对于涨价的议论在街头巷尾也时常可以听到，这事在中国而言，确是古已有之。历来写涨价的诗委实不多，因为这实在是件没有诗意的事情，一想到它总免不了陷入柴米油盐的琐屑与加减乘除的盘算中去，然而龚自珍的《馎饦行》却将此事写得趣味盎然，而尖锐的讽刺与对社会发展的认识包含在这嬉笑的幽默之中，诗是这样的：

父老一青钱，馎饦如月圆；

儿童两青钱，馎饦大如钱。

盘中馎饦贵一钱，天上明月瘦一边。

噫！市中之馎今天上月，

吾能料汝二物之盈虚兮，二物照我为过客。

月语馎饦：圆者当缺。

馎饦语月：循环无极。

大如钱当复如月圆。

呼儿语若：后五百岁，俾饱而玄孙。

　　馎饦就是汤饼，诗用了民歌般通俗浅近的语言来写，正因为这是一件家家户户每天都要碰到的事情，所以诗人的表现也力求浅切明白。老人在幼年时一枚铜钱可以买一个像月亮那么大的圆饼，而如今的孩子们要拿两枚铜钱才可以买到一个饼，而且饼的大小也今非昔比，只像铜钱那么大了。盘中的饼贵了一个钱，像天上的月亮般的饼却每天缩小了一圈，于是诗人颇有感慨而语带讥讽地说：市上的饼与天上的月我都能够预测到它消长的道理，饼和月却视我为匆匆过客罢了。这种盈虚消长的道理诗人借着月与饼的对话表现出来。月亮对饼说：圆满的东西自然会变成有缺陷的东西。饼对月亮说：圆变缺，缺变圆，事物的循环是无止境的。以此推断，像铜钱那么大的饼将来也会恢复到月亮那么大而圆的。于是诗人对儿子说：五百年之后，你的玄孙就会吃得饱饱的。言下之意谓历史循环，在遥远的将来一定还会回到"父老一青钱，馎饦如月圆"的理想社会。

　　这首诗巧妙地运用了饼和月的盈亏来表现现实社会中的涨价现象，

具有幽默而形象的趣味，体现了定盦对时事的针砭以及其公羊"三世说"理论在社会学上的运用。

此诗写于道光二年（1822年）。嘉庆、道光年间，由于折银交税和白银外流，致使物价暴涨，当时的包世臣说："国家地丁、课税、俸饷、捐赎，无不以银起数，民间买卖书券，十八年亦以银起数，钱则视银为高下，故银之用广，富贵家争藏银，银日少。盐米必需之物，商贾买之以银，故物价腾涌。"（《再答王亮生书》）可知由于银贵钱贱，引起了物价的高涨。据统计，乾隆十年（1745年），陕西一带每白银一两仅可换钱七百三四十文，到了道光二年（1822年）直隶京畿一带每两白银可换钱两千文以上，有些地方甚至到了三千文。粮价也随之而急剧上涨，据钱泳的《履园丛话》中说："雍正乾隆初，米价每升十余文。二十年虫荒，四府相同，涨至三十五六文，饿死者无算，后连岁丰稔，价涨复旧，然每升亦只十四五文为常价也。至五十年大旱，则每升至五十六七文，自此以后，不论荒熟，总在二十七八至三十四五文之间为常价矣。"此外地价、物价也有大幅度上涨。这就是定盦写作此诗的真实背景，这种物价腾涌的现象自然给人民带来了不少灾难，因而触发了诗人的感慨。

定盦在本诗中还借饼与月的对话表现了自己循环无极的社会发展观。定盦信奉公羊《春秋》的"三世说"，以为不仅春秋时代可分为三世，而且古今的历史发展都可以分为三世。所谓"三世"，据公羊家的说法就是"据乱之世""升平之世""太平之世"。而龚自珍的《乙丙之际箸议第九》中把历史分为三个阶段——治世、乱世和衰世。他强调了历史的变革与发展，为其改革图强的政治学说做一张本，因而"三世说"在当时不无进步的意义。定盦以此来观察有清一代，以为康熙至乾隆时期是盛世，嘉庆、道光时期是衰世，而即将来临的是乱世。因而他对康、乾两朝表示无限向往，如称康熙朝为"国家治定功成日，文士关门养气时"（《吴市得旧本制举之文，忽然有感，书其端》）。又说"我有心灵动鬼神，却无福见乾隆春。席中亦复无知者，谁是乾隆全盛人"（《秋夜听俞秋圃弹琵琶赋诗，书诸老辈赠诗册子尾》）都感叹康、乾盛世一去不返，而他对自己生活的嘉、道之世则时加揭露和针砭，以为表面上还有几分像治世，真实已百病丛生、衰象叠起了。他并以深沉的忧虑指出乱世已不远了，然而乱世终将过去，由大乱达到大治，盛世必将代替乱世，这就是定盦的社会发展观。在这首诗中定盦所描写的"父老"生活的时代显然是指康乾盛世，如今儿童所处的时代则为"衰世"无疑，而盈虚轮回，由乱及治，人类的理想社会终将出现。他借用了《孟子》上说的"五百年必有王者兴"的话，暗示了太平盛世一定会来临，体现了对前途的信心和希望。

| 人草薨 |

　　记得以前看到过白石老人的一幅画，上面画的是一个泥塑的不倒翁，不倒翁戴着乌纱帽，摇摇晃晃，那痴憨的样子引人发笑，并题诗曰：

> 能供儿戏此翁乖，打倒休扶快起来。
> 头上齐眉纱帽黑，虽无肝胆有官阶。

　　白石以他鞭辟入微的讽刺艺术，在这小小的玩偶身上寄寓了对腐朽官僚的无情斥责和嘲弄，他们为了保住自己的乌纱帽，随风而转，"虽无肝胆有官阶"，正是他们的绝妙写照。白石的诗与画都堪称涉笔成趣，入木三分。这种用泥塑来针砭官僚的传统似乎一直延续至今。江西景德镇有一个小玩意，叫"七品芝麻官"，是一个浑身穿着红袍的知县官，一顶乌纱帽下的两只眼睛骨碌碌地，稍稍一动，那颈项就不住地来回摇晃，嬉笑的脸上老是像在对你说：得过且过吧。最妙的是在那大红袍上赫然写着两行字："为官不为民做主，不如回家卖红薯。"我想，设计这泥人的无名艺术家并不意在塑造其可笑的模样，而以此寄托了人民对当权者的希望，表达了对那些占据职位而饱食终日、无所用心者的讽刺。由此，令人想起了龚定盦的《人草藁》诗来：

陶师师娲皇，抟土戏为人。

或则头帖帖，或者头颛颛。

丹黄粉墨之，衣裳百千身。

因念造物者，岂无属稿辰？

兹大伪未具，娲也知艰辛。

磅礴匠心半，斓斑土花春。

剧场不见收，我固怜其真。

谥曰人草藁，礼之用上宾。

据说在开天辟地以后，天神女娲感到了寂寞，她在清清的池水边沉思，忽然看见水中自己的倒影，于是想到要仿照自己的样子造出一些生物来，她便蹲下身来，舀起池水，糅合池边的黄土，捏出许多像自己一样的生灵，这就是人，这就是中国人构想的自己祖先的来源。

后代陶工们按照女娲造人的方法以黏土烧制成人形，他们做出来的泥人有的俯首帖耳，目不旁视，有的胖头大脑，俨然如正人君子，并在泥人身上涂了各种釉彩，穿上各类衣着，煞有介事地让他们做起人来了。然而泥土毕竟是泥土，任他有人的模样和装束，却没有人的生命和灵性，更不要说有个性和思想，它只能是孩子手里的一个玩物。

定盦大概看到了这样一个陶制的土人，于是设想它是女娲造人时起的草藳，只有形体，没有生命。也许是由于女娲也怕艰辛，所以才造到一半便将这土坯弃置不顾。它只体现了女娲伟大匠心的一半，而且由于年深日久，它已斑驳陆离，无人对此还有兴趣，即使演木偶戏的班子也不再需要它了。因而诗人把它留下，并给它起了一个雅号：人草藳。并以为可以用它来款待那些高贵的客人。

定盦的这首诗显然是一首政治讽刺诗，他以"人草藳"来讥刺那些唯唯诺诺、无所用心的人，他们虽然涂脂抹粉、衣冠楚楚，却只是粉墨登场的木偶，腹中空空，绝无生气，这种人充斥于当时的官场，为定盦所不齿，所以对此做了辛辣的嘲讽。定盦的《与人笺五》中也刻画过这类人的嘴脸："乃缚草为形，实之腐肉，教之拜起，以充满于朝市，风且起，一旦荒忽飞扬，化而为沙泥。"这就是"人草藳"的绝妙写照。他们只是造物未完成的劣等次品，一无所用，连剧场也不收购此类破烂货，却可以用来款待上宾，并得到光荣的谥号。这里的"上宾"云云分明是指统治者，他们起用了大批不学无术、平庸无能之徒，所以定盒将讽刺的矛头直指高层的统治者。

　　据钱锺书先生的《谈艺录》中说，定盒的这首诗大概得到其前辈诗人赵翼《十不全歌》的启发，赵诗云："我读《山海经》，人生初本无定形，脐为口无舌，乳为目无睛，天公见之不好看，逐件端相细改换。自从铸成人样子，化工能事始毕矣。何哉尔独缺不完，缩长凸短双必单。得非女娲抟土未定藁，千年抛落荒山道。"赵翼以"女娲抟土未定藁"来形容人形貌的缺陷，这在西方的文学作品中也有类似的说法，如薄伽丘的《十日谈》中记载某姓的人面貌丑陋，有人开玩笑说："这一姓的人家世最古老而高贵，但上帝造他们的时候才刚开始学习绘画，未精通作人物画的技巧；后来造其他姓氏的人时，就熟谙了作画的本领。"然而，这里以上帝造人之不完善来形容其人外貌的丑陋，意在调侃和幽默；而定盒的"人草藁"则着意于人品上的缺陷，意在讽刺和谴责，这就令他的诗更具有批判现实的意义。

| 咏货币诗 |

　　龚定盦不仅是多愁善感的诗人，而且是忧国忧时、抱经世之志的烈士，他久处下僚，通达民情，深谙实务，故以一介书生而有雄伟非常之论。他的一些主张往往能切中时弊，虽未见纳于当时，而终大行于后世，如他曾建议在西域置行省，以为有利于移民开边；主张加强东南海防，严禁鸦片；反对八股取士及官制职掌，都是极有识见的议论。定盦的经济思想虽然鲜为人注意，其实也是十分出色的，如关于货币的见解，他虽未留下什么鸿文巨著，却体现在两首小诗之中，这就是《己亥杂诗》中的一百一十八和一百一十九首：

　　　　麟趾褭蹄式可寻，何须番舶献其琛？
　　　　汉家平准书难续，且仿齐梁铸饼金。

作赋曾闻纸贵夸，谁令此纸遍京华？

不行官钞行私钞，名目何人饷史家？

关于货币的讨论在当时是一个普遍为朝野关心的问题。因为自嘉庆以来，白银大量外流，出现了银贵钱贱的局面。白银外流的途径主要有两条：一条便是罪恶的鸦片贸易，包世臣早在嘉庆二十五年（1820年）就指出"鸦片耗银于外夷"，洋人用害人的鸦片换取了国民的白银，运送出国，使国内银圆漏卮，物价腾涌。另一条便是外商用成色差而分量不足的银币换取中国银两，并转运出洋。因为外国银币携带和交易都比较方便，所以在中国南方诸省流通无阻，鸦片战争前后数十年间最畅行的银币是墨西哥铸造的西班牙银圆，种类有双柱、两种查理银圆和费迪南七世银圆等，但洋商知人们欢迎外国银币，乘机抬高价值，致使银两被套购外流，形成了对中国严重的金融掠夺。

面对着金融的危机，首先提出自铸银币的是林则徐，他在道光十三年（1833年）的《会奏查议银昂钱贱除弊便民事宜折》中说："欲抑洋钱，莫如官局先铸银钱，每一枚以纹银五钱为准，轮廓肉好，悉照制钱之式。"他的主张虽未被采纳，但影响深远，定盦的第一首诗便是对此种理论的支持。

定盦的诗正是针对着当时一些反对自铸银币的保守派而发的，他从历史上找出根据，说明以金银铸币正是中国古已有之的事。据《汉书》上记载，汉武帝时曾铸造过像麟趾和马蹄状的金币，它的样式至今尚可追寻，因而诗人以为何必要让外国船只舶来银圆，并视之为珍宝呢？即使说汉代的事年代久远，湮没难闻。《史记·平准书》中所载的理财之方无法继承，而齐、梁间铸造饼金的办法还是切实可依的。定盦在这首诗的末尾有一条自注云："近世用番钱，以为携挟便也，不知中国自有饼金，见《南史·褚彦回传》，又见韩偓诗。"据《南史·褚彦回传》上说，有人为了求官，偷偷地在袖中带着一块"饼金"来见褚氏。又韩偓的《咏浴》诗中有句云："不知侍女帘帏外，剩取君王几饼金。""饼金"即为饼状之金币，定盦以为可以效法"饼金"而铸造银币，用以抵制洋钱，堵塞白银漏卮，缓和银荒。这种主张显然是以国家民族利益为重的，体现了他的爱国热忱。

第二首诗也是对于货币而发的，定盦在主张自铸银圆的同时，也不反对发行纸币，但以为纸币宜由国家统一控制，不可私人随便滥发。在这首小诗中表明了他在道光年间货币争论中的态度。

道光年间由于银贵钱贱与白银外流引起的金融危机促使有识之士重新考虑货币的问题，以王鎏为代表的行钞派与以魏源、许楣等人为代表的反行钞派曾进行过激烈的争论。王鎏就是著名的《钱币刍言》的作者，他以为发行纸币乃是抑制银贵钱贱的救世之方，曾说："言经济莫切于理财，理财尤以行钞为急务。"（《钱币刍言·上顾南雅先生书》）所谓"行钞"就是发行纸币，并主张禁止银币的流通。王鎏认为"钱币之权"应归于国家，"欲足君莫如操钱币之权"，国家一旦失去了对钱币的控制权，"则欲减赋而绌于用，欲开垦而无其资，何为劝民之重农务稼哉？"（《钱币刍言·钱钞议第一》）可见他从富君重农的立场出发主张国家控制发行纸币。他的意见在当时曾经引起了剧烈的反响，包世臣不满其"行钞废银"的主张，以为银实纸虚，虚实宜相辅；至魏源则以为货币必须是"天地自然之珍"，而"决非易朽易伪之物所能刑驱而势迫"，因而他提倡仿铸西洋银钱，兼用古代的玉币、贝币（《圣武记·军储篇》），对王鎏的行钞论提出了针锋相对的批评。

定盦在这两种主张中采取了较折中的态度，尽管他与魏源是莫逆之交，却不同于魏源那样全盘否定纸币，虽对乱发私钞也十分不满，故开头的两句即对纸币的风行深加批评。他用了左思作《三都赋》而令洛阳纸贵的典故，反问如今京城的纸张何以如此价值连城。但他并不完全否定纸币的作用，以为不得已而用之则应发行官钞，切不可让富商巨贾滥发纸币，危害人民利益。定盦与王鎏一样主张国家控制发行纸币，然王鎏着眼于"君足"，即皇帝的富有；而定盦则注重于利民，唯恐巨商一旦倒闭，危及千家万户。故他以为"私钞"仅是一种名目，无法载之史册，因而宜在汰除之列。

定盦这两首诗完全以议论入诗，通过引征史实，言简意赅地表达了自己对货币改革的看法，古人称能实录史实的诗为"诗史"，而定盦的此类诗堪称"诗论"，与他那些见解深刻的政论大有异曲同工之妙。

东南涕泪多

《己亥杂诗》中有两首著名的反映民生疾苦的诗：

只筹一缆十夫多，细算千艘渡此河。

我亦曾縻太仓粟，夜闻邪许泪滂沱。

不论盐铁不筹河，独倚东南涕泪多。

国赋三升民一斗，屠牛那不胜栽禾！

漕运，是中国古代一项重要的经济制度，为了将东南产粮区的大量税粮运往京城，不知有多少财务官为之绞尽脑汁，有多少农民为之倾家荡产，有多少纤夫船工为之流血流汗。从元代开始，运往大都（北京）的漕粮由京杭大运河北上，最困难的是运河横越黄河，黄河的大量泥沙淤垫运河，一旦洪水泛滥，运河也就受阻，因而河害与漕运一起成为一对严重的社会问题。到了清代的嘉、道年间，漕运制度已弊病百出，河道淤塞、冗官需索，人民不堪负担，于是从道光初起，包世臣、陶澍、魏源等就有以海运代替漕运的主张和尝试。

然而，当龚自珍在道光十九年（1839年）经过江苏淮浦（即今江苏清江市）时，还是见到了无数北上的漕运船只，在一线运河之间层层倒闸，节节挽牵，每一根缆上就有十余个纤夫，那么细算起来，千百艘的粮船须要多少人力啊！据包世臣的《庚辰杂著》中说，当时每年要以五千余艘漕船载三四百万漕粮，可见所花人力之巨。《清诗铎》中载邹在衡的《观船艘过闸》就具体地描绘了纤夫役吏拉纤过闸的场面：

> 漕船造作异，高大过屋脊。
> 一船万斛重，百夫不得拽。
> 上闸登岭难，下闸流矢急。
> 头工与水手，十人有定额，
> 到此更不动，乃役民夫力。
> 鸣钲集苗豪，纷纷按部立，
> 短绳齐挽臂，绕向缴轮密。

邪许万口呼，共拽一绳直。

死力各挣前，前起或后跌。

设或一触时，倒若退飞鹞。

大官传令来，催攒有限刻。

闸吏奉令行，鞭棒乱敲击。

可怜此民苦，力尽骨复折。

　　这种景象真令人惨不忍睹，当定盦见到的时候，便在心中油然而生了对百姓的同情。他想到自己也曾在京城中消耗过官仓的粮食，这粮食就是由纤夫们一步一个血印地从运河里纤拽而来的，于是感到了深深的内疚。他半夜听见那低沉而辛酸的号子声时，不禁泪流如雨了。

　　读诗至此，我们似乎听到了那回荡在运河畔的纤夫号子之声，看到了船工力尽骨折的斑斑血泪，正是这哀怨有力的声响令诗人感到悲伤和内疚，"我亦曾糜太仓粟"，可如今已辞官归乡，两袖清风了。然而，对那些至今还在浪费国家粮饷，徒受俸禄而无所事事的人来说岂不是当头棒喝吗？诗人的言外之意是十分明显的，表现了他鲜明的爱憎。

　　如果说漕运是东南人民的沉重负担，那么赋税更压得他们喘不过气来。清政府的赋税制度弊端很多，特别是在嘉、道以后，经济危机日益严重，统治者用附加和私派等手段来搜括钱财，故浮收日增，人民的负担已大大超过了正常的规定，包世臣在《农政》一文中说：

内外正供，取农十九，而官吏征收，公私加费，往往及倍。绅富之户，以银米数多，而耗折倍重。是故鬻狱卖法，分绅富之膏肥；折银加潜，后茕独之膂血。至于申诉所及，绅则势胁，富则利诱，听论常速，以助其逾荡武断之威。乡里愚民，不识城乡之区，未睹官吏之面，自非极屈，鲜敢吁号，而官则受词若罔闻，吏则居奇以责赂，偶有蹈触，厥罚必行。

这里描绘了一幅官场腐败、民不聊生的风俗画，由于官府的横征暴敛、胡作非为，人民无处申诉，只能逆来顺受。定盦的第二首诗便是针对着这一现象而痛下的针砭。

诗的前两句说自己不管盐铁，也无法筹措治河等朝政大计，而只是目睹东南人民的现实生活而为之一洒同情之泪。诗人撇开了那些为朝野争论不休的盐铁、治河等议题，而从实际出发，将目光投向了对赋役制度本身的批评，在当时可谓是颇有见地的。他之所以为之洒泪的，就是赋税浮收给人民带来的灾难。

所谓"国赋三升"，按清初大清户律的规定，民田每亩科税三升三合五勺，然而到了龚自珍生活的年代，实际向农民征收的赋粮远远超过了这一规定，据冯桂芬《请减苏松太浮粮疏（代作）》中说："今苏州府长洲等县，每亩科平粮三斗七升以次不等，折实粳米，多者几及二斗，少者一斗五六升，远过乎律载官田之数。"可见江南一带的交粮数已达到了每亩一斗甚至二斗的程度，而所谓"国赋三升"不过是一纸空文而已。在这种情形下，诗人感叹道，不如杀掉耕牛，转事他业，岂不比死守农田、任人宰割好吗？同时的魏源《江南吟》中说："有田何不种稻稷，秋收不给两忙税。洋银价高漕斛大，纳过官粮余秸秸。稻田贱价无人买，改作花田利翻倍。"即真实地记录了人们不堪赋税而弃种稻米的情形，与定盦"屠牛那不胜栽禾"的议论可谓异曲同工。定盦的诗中不仅揭露和鞭挞了清政府对人民的盘剥，而且预示了农民将弃田屠牛、铤而走险的趋势，反映了深刻的社会矛盾。

最后还有一个问题，"不论盐铁不筹河"一句有人解作是指清政府的腐败昏庸，不顾盐铁与治河之事。其实不然，从整首诗看来，"不论"句显然是定盦自指，因其时他已辞掉京官，无权再去议论此事，而正因为不论盐铁和治河，才引出下面的赋税问题；而且，当时的盐铁和治河正是被认为威胁清政府的"四大计"（盐、漕、兵、河）中之二端，为朝野上下关心议论的焦点，所以很难说政府对此漠不关心，后来由贺长龄、魏源编成的《皇朝经世文编》就保存了这方面的大量文字，因此"不论盐铁不筹河"的是定盦自己，不必牵涉到政府的头上去。

| 对缠足的批评 |

妇女缠足也许是中国封建社会的特产，是几千年专制的意识在女子身上打下的印记。对于年轻的中国人来说，女人的小脚也已如男子的辫子一样，只有在历史课本或博物馆的画廊里才可以见到，然而，在漫长的历史过程中，它确是一种严重危害着妇女心身的枷锁。

这种陋习的产生有人说在南北朝时期，据《南史·齐废帝东昏侯纪》中说："凿金为莲华以贴地，令潘妃行其上，曰'此步步生莲花也'。"其实并没有明言缠足，只是金莲的说法为后来缠足者所借用。有人说缠足起于唐代，然也无明确材料足以证明。可靠的记载是起于五代。元人陶宗仪的《南村辍耕录》上说，南唐李后主的宫嫔窅娘曾以帛裹足，屈起作新月模样，穿着素袜行舞莲中，回旋飘逸有凌云之态，于是深得后主的赞赏。这种病态的审美心理竟然在妇女地位十分低下的病态社会中得到了普遍的认同，于是妇女缠足之风大盛，甚至以为越小越美，至有"三寸金莲""新笋脱瓣"等称。

然而，裹脚对妇女来说简直是一种惨无人道的酷刑，如清人钱泳的《履园丛话》中说各地裹脚的习俗，两广、两湖、云贵诸省"为母者先怜其女缠足之苦，必至七八岁方裹，是时两足已长，岂不知之？而不推其故，往往紧缠使小，女则痛楚号哭，因而鞭挞之，至邻里之所不忍闻者"。可见女子裹足的痛苦。所以有人说："小脚一双，眼泪两缸。"然而无聊的文人对妇女之缠足却大加赞赏，如清代方恂的《香莲藻品》就专为评品女子之足而作，以为"香莲三贵：肥、软、秀"。"肥是腴润，软则柔媚，秀方都雅"，可谓无聊之极。然定盦则不同于此，他虽然也是个"怜香惜玉"的人，但他所爱的不是病态的美，而是健康自然的美。其《己亥杂诗》的第一百一十七首云：

姬姜古妆不如市，赵女轻盈蹑锐屣。

侯王宗庙求元妃，徽音岂在纤厥趾？

这首诗明确地表达了定盦反对缠足、提倡天然的意见。姬姜是指古代的贵族妇女，因周代帝王姓姬，齐国诸侯姓姜，所以用来指出身高贵而又能恪守妇道的女子。《左传·成公九年》注中说"姬姜，大国之女"，即为明证。"不如市"是用了《史记·货殖列传》中"刺绣文不如依市门"的话，意谓辛勤劳作，日夜忙于刺绣的女子反不如倚门卖俏、轻佻下贱的女子更能赚钱获利。"赵女"即指那些"倚市门者"，《史记·货殖列传》中说："赵女郑姬，设形容，揳鸣琴，揄长袂，蹑利屣，目挑心招，出不远千里，不择老少者，奔富厚也。"可见她们以卖弄姿色谋生求富，所以定盦之诗的头两句说古代门第高贵而能明大道、识大体的妇人之装束打扮，不同于倚门卖俏者之轻佻庸俗，只有那些像赵国之女一般以姿色博人欢心的女子才会去为了追求体态的轻盈而穿起尖头的鞋子。

《礼记·昏义》上说："昏（婚）礼者，将合二姓之好，止以事宗庙，而下以继后世也。"可见古代君主选择配偶的一个重要目的就是为了建立宗庙祭祀祖先，因而择偶的标准在于品德的美好，而不在乎脚的纤小与否。定盦正是以道德的最高标准——儒家经典来攻击妇女裹足的陋习，因而在旧时代有无可辩驳的力量，他用了尖锐辛辣的语言嘲讽裹足之弊正与倚市卖俏者相类，说明其对摧残妇女身心的深恶痛绝。

清初由于满人入主中原，而满族妇女没有裹足的恶习，故康熙三年（1664年），朝廷曾下诏禁止裹足，然而随着清朝统治者的汉化，此令推行不力，至龚自珍的时代，裹足之风犹十分盛行。

清代中后期，人们对女色的审美观念实趋于纤弱与病态，当时人心目中所谓的美女大多是弱不禁风、纤修婉媚的女子。定盦是一个不谐流俗的人，他的审美观念也能突破时代的局限而表现个人的趣尚，他以女子的健康自然为美。如他的《己亥杂诗》中写其倾心爱慕的妓女灵箫："玉树坚牢不病身，耻为娇喘与轻颦，天花岂用灵幡护？活色生香五百春。"歌颂了一个天真纯朴、健康活泼，充满了生之活力的女性形象，这正是他心中所崇拜的女性美。

他甚至对那些异族妇女的天足也加以称赞，如《婆罗门谣》中说：

> 婆罗门，来西湖，
> 勇不如宗喀巴，智不如耶稣。
> 绣衣花帽，白若鹄凫。
> 娶妻幸得阴山种，五颜大脚其仙乎！

这不仅是对婆罗门的称颂，而且是对自然健康之美的礼赞，他的《菩萨坟》诗中咏辽圣宗第十女墓云："大脚弯文鞠，明妆豹尾车。"也表现出他歌颂天足、提倡健康美的祈向，显然也是对汉人缠足恶习的批评。据野史笔记中说，定盦早年的恋爱对象是满族女子，也隐约地表明了他对女性的审美要求。

从这一小小的缠足问题上，足见定盦健康的审美情趣，正与他提倡民主的思想相一致。

不拘一格降人才

　　前几年曾经时髦过一种学问，叫作"人才学"，似乎是专门研究人才的培养、发现和使用之类的问题，大家都视之为"新学科"之一，据说还有某某先生得了"人才学"教授之类的头衔。然而，依笔者的陋见，"人才学"绝不是一种关在书斋里可以研究的学问，而且也不是什么新鲜的学问，因为关于人才的问题本来是治国的一个关键，在历史上向来受人重视，从曹操的"周公吐哺，天下归心"，到韩愈的"世有伯乐，然后有千里马"，都指出了人才的难得。而其所以难得，是因为所谓人才即是人中翘楚，绝非车载斗量之辈，须在人海中披沙拣金，才能发现；而且识别人才的能力和气度也不是人人都具备的。虽然在你面前放着千里马，但没有慧眼也只能白白地错过，所以历来的明君贤主以及志士仁人无不重视人才的问题，如此说来，所谓"人才学"

也是古已有之的。

龚定盦生当清王朝由盛世而走向衰败之际，所以他首先大声疾呼人才的可贵，以为："自古及今，法无不改，势无不积，事例无不变迁，风气无不移易，所恃者，人才必不绝于世而已。"（《上大学士书》）可见，尽管社会发展，时代变革，而对人才的需要永远不会改变。然而，他对于当时的选人和用人制度甚为不满，并大力抨击，其著名的《乙丙之际著议第九》中极言人才的匮乏：

> 左无才相，右无才史，阃无才将，庠序无才士，陇无才民，廛无才工，衢无才商，抑巷无才偷，市无才驵，薮泽无才盗，则非但鲜君子，抑小人甚鲜。当彼其世也，而才士与才民出，则百不才督之缚之，以至于戮之。

话说得很惊心动魄，社会已到了非但没有君子，就连真正的小人也没有的地步，有的只是无感情、无思想、无个性、无廉耻的行尸走肉，这样的社会岂能长久！于是他发出了"不拘一格降人才"的呼唤：

> 九州生气恃风雷，万马齐喑究可哀。
>
> 我劝天公重抖擞，不拘一格降人才。

这是《己亥杂诗》中的一首，诗人从北京南下，欲回仁和（今杭州）老家去，路过镇江时正赶上那里举行祭拜玉皇及风神、雷神的仪式。道观前旗幡飘扬，青烟缭绕，钟鼓齐鸣，好不热闹，里里外外足有万人以上。宽袍博带的道士与虔诚的善男信女们正在向神像顶礼膜拜，也许是久旱祈雨，也许是祈求神仙赐福，保佑他们安居乐业。道人知道定盦是当今有名的文士，于是请他写一篇祭神祝祷用的青词，定盦提笔疾书，便写下了这首诗。

虽然定盦诗中的"风雷"应合了祭拜风神、雷神之事，又有"我劝天公"的话，但此诗纯是借题发挥，表达了自己对沉闷窒息的现实的不满，他希望迅风惊雷震撼大地，冲破封建的牢笼。他愿上天重新振作起精神，不拘一格地降下人才。定盦深明人才是安邦定国、挽救危机的关键，但现实中正缺乏能改革社会、刷新政治的人物，他早年所写的《夜坐》中就说过："沉沉心事北南东，一睨人才海内空。"感叹人才缺乏。

其实，古人早就说过："江山代有才人出。"每个时代都有它的精英和杰出人物，而其时的中国所以会出现"万马齐喑"的局面，究其原委，不外乎政治体制的腐败和统治者的妒贤嫉能。定盦认为当时的人才不在庙堂而在野逸，不在"京师"而在"山中"（《尊隐》），因而他对朝廷的命官往往白眼相加，而宁可混迹于负贩屠沽之中。他的诗中往往以"落花""白云"自况，表现了对统治者排斥异己、不容人才的愤懑。

定盦有一篇著名的散文，叫作《病梅馆记》，其中讥刺江浙一带的文人论梅花"以曲为美""以敧为美""以疏为美"，因而造成了当地的人们"斫直、删密、锄正，以夭梅、病梅为业以求钱也"的现象。文章的主旨在于以梅喻人，暗指在当时的病态社会中对人才的摧残和束缚，扭曲了人的天性，同时表达了对自由和生机的向往。因而，定盦将针砭的矛头对准科举制度。他愤慨地说："科以人重科益重，人以科传人可知。"他主张彻底改革科举考试的制度，以广罗天下真正有才能的人。他的《己亥杂诗》中之一说：

> 谁肯栽培木一章？黄泥亭子白茅堂。
> 新蒲新柳三年大，便与儿孙作屋梁。

虽然作者在此诗后加了"道旁风景如此"六字，其实也是以木喻人，深刻地讽刺了三年一次的考试。诗人感叹无人肯栽种那些可作栋梁之材的树木，因为时人都目光短浅，不顾百年大计，只求泥亭茅屋，所以竞相培植那些三年便可长大但是质地松软的蒲柳之材，以此为儿孙作屋梁，岂不岌岌可危？这里所说的"黄泥亭子白茅堂"显然比喻腐朽颓败的清王朝，而"新蒲新柳"则指那些新取中的碌碌之辈。朝廷只知三年一考，收罗的却是一批平庸之才，而将有真才实学的人拒之门外，就凭着这一点，诗人看到了那风雨飘摇中的清王朝必将不可避免地"忽剌剌如大厦倾"。

这就是定盦所以要大声疾呼"我劝天公重抖擞，不拘一格降人才"的真正原因。

| 慈母恩情 |

　　母爱，向来是人类讴歌的对象。尤其是在中国这样一个重视孝道的国家里，对于母亲的歌颂往往成为文人墨客笔下反复出现的主题。孟母三迁，岳母刺背，隽不疑的母亲劝子以慈悲治狱，陶侃之母以发易酒而款待宾客，都成为千古流传的佳话，虽然她们几乎没有留下自己的姓名，但她们以教子有方的事迹而赢得了后人的尊敬。然而，母亲之伟大，除了其贤惠而深明大义之外，更重要的恐怕还在于她那无私的爱。我们读孟郊的《游子吟》，读归有光的《先妣事略》，虽然其中仅仅描绘了一个普普通通的母亲形象，它们对读者却有震撼心灵的力量，原因便在于它们通过寻常的小事，琐琐写来，却令人想起了自己的母亲、自己的童年……

定盦是个"哀乐过人"的人，自然对于母亲的感情十分诚挚，这表现在不少的诗中，最突出的可以说是《冬日小病寄家书作》一首：

黄日半窗暖，人声四面稀。

饧箫咽穷巷，沉沉止复吹。

小时闻此声，心神辄为痴。

慈母知我病，手以棉覆之。

夜梦犹呻寒，投于母中怀。

行年迫壮盛，此病恒相随。

饮我慈母恩，虽壮同儿时。

今年远离别，独坐天之涯。

神理日不足，禅悦讵可期？

沉沉复悄悄，拥衾思投谁？

定盦有一种奇怪的习惯，每当他在黄昏的斜阳中听到呜咽的箫声，心中就会惊惧不定，以致如痴如杲，甚至卧病不起，他自己也不明白是什么缘故。自幼疼爱他的母亲自然很知道儿子的习性，因而每当远处响起了卖饧人的箫声，母亲便将棉被盖在他身上，蒙住他的耳朵，以免他听到那似有魔力的箫声。然而敏感的孩子还是少不了一场惊疑，至半夜的睡梦中还不时发出呻吟，身上发寒，于是便又投到母亲的怀抱，顿时感到了无限的温暖。

定盦的这首诗写在道光元年（1821年），这年年初，他由上海赴北京，春天时就任内阁中书，参与了国史馆修订《清一统志》的工作，任校对官。这年夏天，他参加了军机章京的考试，然而因军机处内部的钩心斗角，植党营私，所以尽管他有满腹经纶却也名落孙山，心情因而是暗淡的，而在冬季又得了一场小病，自然格外想念自幼无微不至地照顾自己的母亲，想起了儿时投入母亲怀抱的瞬间。"今年远离别，独坐天之涯。神理日不足，禅悦讵可期？"诸句说明了诗人此时此际的孤独与凄凉，以及心情的压抑与对前途的渺茫之感。

定盦对于箫声的敏感很难得到科学的解释，也许是一种由习惯而引起的条件反射，正像有人听到某种声音、看到某种东西便会感到兴奋和不适一样。然而定盦对于箫声确有一种特殊的感情。他诗集中的第一首《吴山人文征、沈书记锡东饯之虎邱》中就说："一天幽怨欲谁谙？词客如云气正酣。我有箫心吹不得，落花风里别江南。"即以"箫心"来比喻自己一腔的幽怨感伤。

诗中慈母对自己体贴入微的情形也被描绘得诚挚而感人，如果说幼时的"投与母中怀"是人之常情，那么此时的"拥衾思投谁"，足可见定盦对母亲的依恋之情。定盦作此诗时已三十岁，古人有"三十而立"的说法，然而诗人却依然渴望母亲的怀抱，母子间感情的深厚可以想见，用定盦自己的话来说："饮我慈母恩，虽壮同儿时。"定盦是不失童心的人，他自然希望母爱永远伴他到海角天涯。

定盦的母亲出身名门，她是乾嘉间大学问家金坛段玉裁之女，定盦在经学与文字训诂方面的知识自然得力于其外祖，而在文学上则深受母亲段驯的熏染。段夫人能诗，著有《绿华吟榭诗草》，因此也以诗教儿子，她对定盦文学上的影响后来在他所写的《三别好诗》中被记录下来。这诗作于定盦三十二岁时，这一年的七月，段夫人在上海去世，定盦即辞职出京奔丧，九月抵上海，奉遗骸回杭州安葬，在秋冬之际便写了这诗。诗中说自己在近代诗人中特别偏爱吴伟业、方舟和宋大樽三家，因为"三者皆于慈母帐外灯前诵之，吴诗出口授，故尤缠绵于心。吾方壮而独游，每一吟此，宛然幼小依膝下时"。他对这三家作品的爱好，特别是对于吴伟业诗的谙熟显然得自于母教，这种影响对他说来终身未衰，故后来有人说定盦之诗出于梅村，如以为"《咏史》一首，酷似梅村"（朱杰勤《龚定盦研究》）。其实，定盦也说得很清楚，他虽然明白吴诗并非诗家极诣，但由于自幼诵习，自然缠绵于心，更何况还有慈母灯前课读的美好回忆，令诗人每一吟诵，则心向往之，其《三别好诗》中的《题英骏公〈梅村集〉》曰：

> 莫从文体问高卑，生就灯前儿女诗。
> 一种春声忘不得，长安放学夜归时。

吴梅村的诗本身清丽哀婉，更加之在慈母的灯影前浅吟低咏，更显得儿女情长，恻恻动人，其格调虽然称不上高华朗畅，然作为放学归来的孩子在母亲膝下的绵绵细语，梅村的诗便是再好不过了。这里定盦用了"春声"两字来形容母亲如三春之晖般的爱怜儿女之声，以及孩子依着母亲教诲的诵诗之声，因而这声音在定盦心中永远不能遗忘，何况慈母已离开人世，那灯前课子的音容笑貌已成为永久的怀念。这首短诗其实并没有涉及吴诗的评价，而只是描写了自己对往事的追忆，将诗人心中弥足珍贵的一幕展现在读者面前，这是诗人童心的回复，也是他对母爱的一份小小的回报吧。

定盦在母亲死后还于诗中屡屡写到对母亲的回忆，如《乙酉腊，见红梅一枝，思亲而作，时小客昆山》一诗就是因为在腊日见到了红梅而勾起了对母亲的回忆。又其《乙酉除夕，梦返故庐，见先母及潘氏姑母》一诗中写自己梦见母亲的情景，都写得真切动人，足可见定盦与母亲的似海情深。

| 无双毕竟是家山 |

自从苏东坡写了"欲把西湖比西子，淡妆浓抹总相宜"的诗句后，人们都喜欢以女性来比喻西湖，于是有人索性将西湖称之为西子湖，因为她那婀娜多姿的山光水色确实令人流连忘返，不乏女性的妩媚。清初的周亮工所编的《尺牍新钞》中载有唐时《与徐穆公》中就有一段绝妙的评论：

> 西湖之妙，余能知之，而西湖之病，余亦能知之。昔人
> 以西湖比西子，人皆知其为誉西子也，而西湖之病，则寓乎
> 其间乎！可见古人此类之工，寓讽之隐。不言西湖无有丈夫
> 气，但借其声称以誉天下之殊色，而人自不察耳。

西湖的湖光山色妖娆动人，清丽可爱，所以唐时以为西湖具有女性的美，然过分美艳俏丽，终乏大丈夫的伟岸之气，若以中国传统的审美标准来说，西湖的风光颇得阴柔之美而较少阳刚之气。故张岱的《西湖梦寻》中说："余弟毅孺，常比西湖为美人，湘湖为隐士，鉴湖为神仙。"以浙江萧山的湘湖和绍兴的鉴湖来与西湖相比，遂也得出了西湖如美人的结论。张岱自己则以为："西湖则为曲中名妓，声色俱丽，然倚门献笑，人人得而媟亵之矣。"不仅以女子比西湖，甚至以靓妆艳服、光彩照人的名妓来喻西湖，虽肯定了西湖的楚楚动人，却也认为她轻慢鄙俚，如倚门献笑者，实在有些媟渎了西湖的青山绿水。因周亮工、唐时、张岱等人都是明清之际风流儒雅的名士，他们标榜散逸淡泊的士大夫情趣，所以戴着有色眼镜去看待山水，自然便倾心于荒寒疏野的情致，而訾议杭州明艳的山水了。还是龚自珍笔下所写的杭州山水更为贴切：

浙东虽秀太清羸，北地雄奇或犷顽。

踏遍中华窥两戒，无双毕竟是家山。

龚自珍是浙江仁和（今杭州）人。此诗作于己亥（1839年）他辞去了礼部之职、从北京回到家乡杭州之时，从他道光六年（1826年）离开杭州到北京任职起，至此已十四年了，十四年的京官生涯对他说来真如佛教中所谓世界由成到坏的一劫，身处于居大不易的京城，浮沉于下层官吏之职，而家乡的山山水水像是在另一世界中可望而不可即的天地。所以当他一旦回到了阔别已久的家乡时甚觉欣喜："小别湖山劫外天，生还如证第三禅。"(《己亥杂诗》)那本为感觉之外的湖山一朝重见，犹如进入了第三禅的境界。据佛家的说法，第三禅是禅定的第三阶段，能入此境的人，喜心涌动，但定力尚未坚固，因之摄心谛视，喜心即渐消失，泯然入定，于是从内心流出绵绵之乐。龚定盦以还乡比作进入第三禅，一方面说明自己学佛有悟，一方面也肯定了杭州山水的佳丽。

浙东包括宁波、绍兴、台州、金华、衢州、严州、温州、处州等地，浙东的山水以清拔秀丽著称，如天台、雁荡等，都是天下的奇诡灵秀之地，而定盦以为其地过于清幽孱弱，不够富丽雄壮；而北方的河山虽然雄伟壮阔，但也失之粗野放旷，秀丽清灵则不足，而能两者兼而有之者，天下的山水莫过于诗人的家乡杭州了。

"两戒"是一个地理术语，唐代极负盛名的天文学家一行和尚以为，中国的河山有所谓"两戒"：北戒约在今青海、陕北、山西、河北、辽宁一线；南戒约在今四川、陕南、河南、湖北、湖南、江西、福建一线，南北二戒犹如天然的屏障，将中原大地包围在其中。定盦的足迹遍历中华，曾看到两戒的河山，然他以为只有家乡的湖山才是天下无双的。

定盫以杭州为天下湖山之最，不仅体现了对自己家乡山水的一片深情，而且表现了他对宦海沉浮、抗尘走俗的厌倦。如他曾与妻子一同吟诵的《寒月吟》中曾说道：

夜起数山川，浩浩共月色。

不知何山青？不知何川白？

幽幽东南隅，似有偕隐宅。

东南一以望，终恋杭州路。

城里虽无家，城外却有墓。

相期买一丘，毋远故乡故。

而我屏见闻，而汝养幽素。

舟行百里间，须见墓门树。

南向发此言，恍欲双飞去。

诗中显然表达了愿与妻子一起在家乡买宅湖山、隐居终老的愿望，而这还是在他初到北京任职时所作的诗，可见他对家乡的依恋。当他在作了十多年京官之后，诗人对官场、社会、政府有了更加深刻的认识。陆机说"京洛多风尘，素衣化作缁"，京城生活的庸俗无聊令他感到失望，于是定盫在四十八岁时毅然辞官南返。他这种对京城生活的不满与不合时宜的脾胃在其歌颂家乡山水的诗歌中也隐然可见，在续"浙东虽秀太清孱"一首之后，《己亥杂诗》中的另一首说得更加明显，其中有句云："洗尽东华尘土否？一秋十日九湖山。""东华尘土"就是暗喻官场的庸俗鄙俚。定盦曾在内阁和礼部供职，内阁在紫禁城东华门内，礼部在紫禁城东南，也近东华门，因而他以"东华尘土"来比喻京畿官场的污秽与俗恶。同时，这两句诗套用了苏轼《次韵蒋颖叔钱穆父从驾景灵宫》诗注中"前辈戏语有西湖风月，不如东华软红香土"的话。定盦这里反用其意，以为要洗净京中的俗气只有回到自然的怀抱中去。所以他整个秋天都沉浸在旖旎的湖光山色之中，像是有意要脱胎换骨，洗心革面。由此可知，定盦对杭州山水的眷恋与赞美，不仅是出于乡恋，而且也是向往回归自然、超尘脱俗思想的体现。

至于杭州湖山的佳丽，毋庸我们去比较批评，硬要去给各地的山水评品高下，实在是庸人自扰的事。东坡早就说过："短长肥瘦各有态，玉环飞燕谁敢憎。"（《孙莘老求墨妙亭诗》）虽然说的是书法，然也以美人取譬，以为天下之美不能一概而论，难以强分高下。山水也是如此，自有人说"桂林山水甲天下"，便有人说"阳朔山水甲桂林"；有人说："五岳归来不看山"，也就有人说"黄山归来不看岳"，所以对于各地山水的轩轾，还是请读者诸君亲临其地以后自己作出判断。

月 的 讴 歌

　　月亮是古往今来诗人笔下的宠物。李白诗中的月，俨然是他的诗朋酒友，呼之即来，挥之即去，"清风朗月不用一钱买，玉山自倒无人推""举杯邀明月，对影成三人"，都体现了他狂放不羁的个性。杜甫诗中的月，则是他感情深厚诚笃的见证，"思家步月清宵立""今夜鄜州月，闺中只独看"，都是千古传诵的句子。龚定盦也十分喜爱写月，而他笔下的月，也自有其个性。"不容明月沉天去，却有江涛动地来"（《三别好诗·题方百川遗文》），就以明月西沉比喻贤者去世。"叱起海红帘底月，四厢花影怒于潮"（《梦中作四截句》），以唤起明月而暗譬自己渴望光明、坚持革新的理想。他甚至因梦中得了"东海潮来月怒明"一句而欣喜不已。可见，月亮的形象在定盦笔下不无象征的深意，而其中最奇异与典型的是《琴歌》一首：

之美一人，乐亦过人，哀亦过人。（一解）

月生于堂，匪月之精光，睇视之光。（二解）

美人沉沉，山川满心。落月逝矣，如之何勿思矣？（三解）

美人沉沉，山川满心。吁嗟幽离，无人可思。（四解）

这是一首很离奇的诗，它的格调古雅，模仿了古时的琴曲，以参差不齐的句式和低沉深婉的声调谱写了一曲心之悲吟。诗中的"之美一人"显然是诗人自指。定盦在后来写的《己亥杂诗》中说自己"少年哀乐过于人"，所以这里所说的"乐亦过人，哀亦过人"，即是此时心理的真实写照。定盦是多愁善感的，在夜深人静之时，他常感到一种莫可名状和愁思，所谓"幽光狂慧复中宵"，诗人常为此苦恼，为此不安。

月亮升起来了，他凝视着那洒在堂前的一片清幽冷寂的月光，怀疑那究竟是月亮的辉光，还是自己眸子中所感觉、所产生的辉光。它似乎是从自己的心中升起，而不是来自天外的月华。于是诗人进入了一种迷离惝恍的精神境界，他的思绪飘忽，像是沉入到无垠的思想之海中去了，那样深沉而辽远。他的心中满装着山山水水、风风雨雨，是难以忘怀的国仇家恨，还是一腔抱负无法实现，抑或是蓬山遥隔、青鸟无路，令他的思想进入了苦闷的象牙之塔？他究竟想要什么？也许自己也难以回答。那眼中的光辉骤然消逝，像是落月西沉了，心中的希望也随之而去，怎能不勾起无限的思念？

是思念月光吗？不，像是同一位知友别离的怅惘。是思念离人吗？不，他也委实没有什么人可以去思念。

诗人在这里竭力去描绘自己的一种心态：若有所思，而不知所思为何物；若有所失，而不知所失为何者。也许它是诗人心中的一种假象，就像那天上的月亮可能也只是一种假象——自己心中的折光而已。然而诗中的月，是令他产生万千思绪的引线，它的出现使诗人迷惑，它的消失令诗人怅惘。显然，这里的月象征着诗人理想中的人物，是他心目中的偶像，"匪月之精光，睇视之光"，那月亮只是他自己的臆造，只是他自己的影子。

英国诗人罗塞蒂曾有过一首名为《镜子》的诗，说的是一个男子痴情地恋着一位女子，然而那女子对他却冷若冰霜。突然有一天，男子发现自己犯了大错：他所追求的女子其实并不像他想象的那样崇高而伟大。于是他扪心自问：他以往所爱慕的对象究竟是什么？原来那是他自己想象中的偶像，那纯洁而高尚的精神只是他自己设想出来的女性美德，它们只存在于自己的想象之中。他将她称为"镜子"，因为在她身上他见到了自己的影子。笔者以为定盦对于月光的描绘颇有几分类似罗塞蒂笔下男子对情人的塑造，那只是他自己心灵之光的折射，因而月亮在定盦的诗中往往体现为他的理想，他自我的影子。如他的《有所思》一首云：

> 妙心苦难住，住即与之期。
>
> 文字都无著，长空有所思。
>
> 茶香砭骨后，花影上身时。
>
> 终古天西月，亭亭怅望谁？

这里也刻画了一种若有所思的心理状态，最后说西沉之月终古长在，犹如亭亭而立，不知期待着什么？以月的万古如斯来衬托自己常常若有所思。而月便是那永恒的象征，正是自己追求祈慕的对象。

当然，月的形象在定盦的诗词中也还往往指意中之人，如他的诗中说："月堕怀中听幻缘。"（《驿鼓三首》）又云："箫一枝，笛一枝，吹得春空月堕林，月中人来归。"（《长相思》）"兰襟，一丸凉月堕，似他心。"（《木兰花没》）"凉月珊珊，伴兰心玉性，试语还难。"（《意难忘》）显然都以月来比所爱慕的对象。以月来表示风月之情自然是传统的手法，然而定盦更强调了月的象征意义，月在他的笔下有着丰富的意蕴。

落红不是无情物

自从近代统计学发达以来，文学研究者们也试图用这种科学的方法来作为考察和剖析诗歌小说的手段。如有人通过对《红楼梦》前八十回与后四十回中某些字出现频率的统计认为全书基本出于一人之手；又有人注意到李白诗歌中对"清"字的偏爱和苏轼笔下"水"的意象反复出现，力图由此揭示诗人的喜好与创作心理。笔者并没有精确地去统计过定盦诗中"落花"这一形象出现的次数，但凭着直感的认识，定盦对"落花"确有某种特殊的感情，且看他《己亥杂诗》中的一首：

> 浩荡离愁白日斜，吟鞭东指即天涯。
> 落红不是无情物，化作春泥更护花。

这诗写在他道光十九年（1839年）出都之时，诗人怀着无限的离愁辞别了他居住了二十余年的京师，在暮色苍茫中吟鞭东指，奔向那远在天涯的故乡。虽然他这次出都的真正原因很难理解，有人以为是"忤其长官"，有人以为是与顾太清的恋爱纠葛，然从定盦当时的思想情绪来看，显然是由于对时政的不满和与当权者的抵牾。在写了自己的怅然出都之后，忽将笔锋一转去说落花。定盦出都时已是四月二十三日，其时花事已过，众芳摇落，也许诗人正是踏着一片落红而出了京郊，但在这小诗中并没有去描绘落英缤纷、花飘香销的场面，而以简括的议论道出了自己的感喟。诗人说，落花并非无情之物，它能化为肥沃的春泥而重新培育出美丽的鲜花，它们正以自己的生命换来了他年的繁花似锦。这里的"落红"分明是定盦自指，意谓自己虽已入迟暮之年而又辞官出都，但壮心未已，不甘沉沦，愿以有生之年仍为国家与民族贡献力量。稍后的《己亥六月重过扬州记》中说："抑予赋侧艳则老矣，甄综人物，搜辑文献，仍以自任，固未老也。"可见他此时的情怀。

定盦在《己亥杂诗》的另一首写道："终是落花心绪好，平生默感玉皇恩。"也以落花自比，意谓自己的悄然出都，身如落花飘零，然而想到曾经在京城度过的时光，想到曾经受到的皇恩，于是心情也就转佳，不以漂泊为憾了。定盦后来写到他与年轻美貌的妓女灵箫之间的一段恋爱史，曾有诗云："鹤背天风堕片言，能苏万古落花魂。"也以

"落花魂"比喻自己枯寂已久的心灵，当听到灵箫一番知心的话语之后，他的心如枯木逢春，重新唤起青年时代的热情。

在《西郊落花歌》中，我们也看到了定盦本人既怀内美而终不容于世的形象，落花的备受摧残与飘零，显然是诗人一生坎坷的化身，因而他歌唱落花，赞美落花，其中不无深厚的感情，落花"又如先生平生之忧患，恍惚怪诞百出难穷期"，就是最好的说明。

定盦的《怀人馆词》中有一首《减兰》，其中小序云："偶检丛纸中，得花瓣一包，纸背细书辛幼安'更能消几番风雨'一阕，乃是京师悯忠寺海棠花，戊辰暮春所戏为也，泫然得句。"戊辰年，定盦才十七岁，他住在京城法源寺南宅，暮春时分，海棠花残了，风雨骤至，嫣红的花瓣纷纷落下，诗人便动了怜香惜玉之情，用纸将花瓣包起来，还写上辛弃疾的词，犹如大观园中葬花的林黛玉。黛玉的葬花，分明有自伤自悼，以花喻人的意思，而定盦的珍藏落花，也基于同样的心态。十年以后，他偶然发现了自己年轻时的荒唐，然而此时的他更经历了许多人生的风风雨雨，所以感慨更深，遂写下了这首缠绵悱恻的哀歌，其中说："十年千里，风痕雨点斓斑里。莫怪怜他，身世依然是落花。"诗人直接将自己的身世比作落花，可见他的惜花之心即本于对自身命运的慨叹，所以在定盦诗中，落花的象征意义是十分明显的。

定盦爱美，所以他的一生与花结下了不解之缘，如他少年时的词作《鹊踏枝》中就有这样的句子："一朵孤花，墙角明如许，莫怨无人来折取，花开不合阳春暮。"即以孤傲自放的花朵象征自己不屈不挠的天性。定盦的一生又是备受挫折的，在雪虐风饕般险恶的现实之中，虽有文才武略，但抱负难展，不为世用，犹如奇花异卉惨遭摧残，独自飘零，因而，落花便在他心中产生了强烈的共鸣。

自古以来咏落花的诗不可胜数，以人喻花的也不少，如杜牧的《金谷园》诗中云："落花犹似坠楼人。"即以美艳痴情而跳楼身亡的绿珠比喻落花；刘克庄的《落梅》诗云："飘如迁客来过岭，坠似骚人去赴湘"，则索性用韩愈的被贬出岭与屈原的自沉湘江来比喻花的飘零坠落，也可谓工于取喻。至如以落花喻人的诗也源远流长。如韩愈的《落花》诗云："已分将身著地飞，那羞践踏损光辉。无端又被春风误，吹落西家不得归。"韩愈在此诗中也以落花自比，其时他因言淮西事而遭贬，与定盦出都时的心境不无相似之处。又如宋祁的《落花》诗云："坠素翻红各自伤，青楼烟雨忍相忘。将飞更作回风舞，已落犹成半面妆。"也表现了自己"虽九死其未悔"的不屈精神，与定盦"落红不是无情物，化作春泥更护花"的含意相近。另外，清初诗人彭孙遹的《春日忆山中故居》诗云："落花满地无人扫，春雨春风糁作泥。"又可视为定盦"化作春泥"一句之所本，然而定盦的落花诗具有鲜明的个性，可以说是他人格与精神的化身。

| 海棠 |

　　海棠虽然不如梅花的冰肌玉骨，冷香袭人，也不如牡丹的浓艳妖冶，国色天香，然而却以其翛然出尘的仪态，繁花茂叶的丰姿成为历代诗人歌咏的对象。它如绰约动人的处女，惹人怜爱，故苏轼就有"也知造物有深意，故遣佳人在空谷"（《寓居定惠院之东，杂花满山，有海棠一株，土人不知贵也》）的诗句，俨然以佳人比海棠。据《太真外传》上说，唐明皇某天在沉香亭诏见杨贵妃，当时贵妃正酒醉未醒，明皇就下令高力士与侍女们硬把她扶持出来。当时杨贵妃醉意未消，酡颜正红，鬓乱钗横，却别有一番妩媚，因而明皇说道："岂是妃子醉，真海棠睡未足耳。"也以海棠比醉态中的美人，后来东坡用这则故事写成了一首很动人的小诗：

东风袅袅泛崇光，香雾空蒙月转廊。

只恐夜深花睡去，故烧高烛照红妆。

　　这是写春夜赏花，海棠在月色与微风中光彩照人的情景，月亮照着回廊，雾气中带着花的微香，诗人点起了高高的蜡烛，本为赏花，却说怕花睡去，似乎要以此为花打叠精神。东坡诗的运思之奇于此可见，而诗人惜花的痴情也刻画殆尽。然而比东坡对海棠更有感情的大概可以算陆游了，他的《花时遍游诸家园》中之一云：

为爱名花抵死狂，只愁风日损红芳。

绿章夜奏通明殿，乞借春阴护海棠。

　　陆游比东坡更进了一层，不仅要延长赏花的时间，甚至想去留住海棠的生命。他正是爱花爱到了痴狂的地步，因为海棠的生长最适宜于阴天，因而想写一封奏章上达玉帝，希望借春阴以维护。这是诗人的痴情，然写来真切动人，陆游另有《海棠歌》七古一首，其结句云："何从乞得不死方，更看千年未为足。"与此诗表现了同样的感情。

　　然而，东坡和放翁对海棠的痴情钟爱仅在他们的诗中表现出来，而定盦还以自己的行为证明了他爱花的情致。道光元年（1821年）春天，定盦某日与友人冯启綦一同经过北京城北一座废弃的庭园，主人将在此中盖屋，而园内杂花丛生，遮挡住了门庭，主人正准备把花草砍去，定盦见此甚感哀伤，于是得到主人的允许后，冯启蓁取了几株桃花，而定盦则挑了两株海棠，回到家里，他禁不住欣喜若狂，以为是前生有缘，天赐名花，遂写了一首七言绝句作为救花偈语：

> 门外闲停油壁车，门中双玉降臣家。
> 因缘指点当如是，救得人间薄命花。

油壁车本来是指女子乘坐的车子，以油彩涂于车壁，十分华丽，南齐民歌中就有"妾乘油壁车，郎乘青骢马"的话，这里是指将海棠用车载回，因海棠素有"花中神仙"的称呼，故以"双玉"代指海棠，就像一对玉人仙子降临到了诗人的家中。于是诗人庆幸自己的机缘，他与冯启蓁出游时本无意救花，只是由于偶然的机会来到废园，乞得了这人间的薄命之花。这在诗人看来似乎是因缘的指点，冥冥中有超人的力量在引领他得到了这两株海棠。

定盦咏花的诗很多，因为他视花为美和真的象征，废园中的残花衰草，在诗人眼中却是妩媚可爱的，激起了他的同情。诗人之所以寄情于此花，还在于它的横遭摧残，它的"薄命"，在对于美的崇尚之外，还有对于弱者的同情，足见定盦的诗人气质。他作此诗时已三十岁，然屡应会试落第，就在这一年春天，他就任内阁中书，参加国史馆修订《清一统志》的工作，任校对官，这是一个职微位卑的差使，在等级森严的官场中只是一个可怜的角色，因而定盦在此诗中所表现的对海棠的悲悯，其实也有几分自怨自悼的意味，也许是所谓"惺惺惜惺惺"吧。

六年之后的另一首海棠诗则更进一步体现了定盦对海棠的倾慕和自己的失意，这就是《枣花寺海棠下盛春而作》：

> 词流百辈花间尽，此是宣南掌故花。
>
> 大隐金门不归去，又来萧寺问年华。

枣花寺在北京城外的白纸坊，也名崇效寺，据说在清代崇效寺的花事在京城中可算得上最盛的，顺治、康熙时以枣花著名，因而大诗人王渔洋将此地改名为枣花寺，到了乾隆中则以丁香花著名，而嘉庆、道光年间崇效寺的海棠尤盛，文人常在这里聚会，并屡屡歌咏，如赵怀玉的《崇效寺看花歌》有"就中海棠更佳绝，垂丝帐暖春沉沉"之句，孙原湘的《崇效寺看海棠》也说"离花一里见花顶，白云绕寺成红霞"，可见当时崇效寺海棠的繁盛与艳丽。

枣花寺的海棠堪称天下名花，诗人墨客对它的吟咏代不乏人，然而定盦此日重来之时，那些曾在花下吟咏的文人却随着花开花落已消失殆尽，而此花犹存于天地之间，它阅尽人间的沧桑，亲见名士的风流，所以诗人称之为"掌故花"，"宣南"就是指在北京宣武门的南面。诗的前两句已透露出好花常在而人生易逝的感慨，后两句进而说自己在京城生活的单调无聊，其实同隐退生涯也相差无几，只是未归故里而已。古人有"小隐隐陵薮，大隐隐朝市"的说法，以为只要内心恬淡清静，无论在山林还是在城市都可以得到隐退的闲适之乐，而且能出入朝市而一尘不染者更为可贵。定盦说自己"大隐隐朝市"，其实是一句反话，他久居京师，屡次参加进士考试而未能登第，曾任过一些低级的文职，却终无一展抱负的机会，可知他郁郁不得意的心境。他说自己居京只是"大隐"，实在是无可奈何的自我调侃和解嘲而已。如今又是一个春天，诗人再一次来到崇效寺，好像是要问问海棠的年华，其实旨在反衬出自己年华虚掷、一事无成的悲愤与牢骚。

唐代诗人刘希夷的《代悲白头翁》中云："年年岁岁花相似，岁岁年年人不同。"定盦这诗就是暗袭其意，海棠年复一年地开而复谢，谢而复开，人却年华易逝，青春不再。所以诗的题目是"感春而作"，"感春"的真正含意即在于对人生对自我的反省，所以本诗的意义就不仅在咏花、惜花，而在于由花而生出的感慨，体现了诗人对现实与人生的忧虑。

| 水仙 |

　　据希腊神话说，古代有一位风姿绰约的美少年，名叫纳希索斯，他风度翩翩，仪表出众，赢得了空气与大地的女儿回声女神的爱慕，女神堕入情网，到了不能自拔的地步，而这位纳希索斯少年却孤芳自赏，毫不动情，对仙女的求爱冷若冰霜，致使回声女神玉容憔悴，心碎而死，只在人间留下了她的声音。复仇女神得知此事后怒不可遏，遂使纳希索斯爱上了自己水中的影子，令他每日独行泽畔，顾影自怜，直至在失望中神销骨毁，变成了一株临水而生的鲜花，这就是水仙。也许正是由于这段美丽而哀婉的故事，使得水仙成为西方诗人笔下反复出现的内容，如华兹华斯的"我像一片孤独的白云"，就是家喻户晓的歌咏水仙的名作。

在中国文人的笔下，水仙却不是一位风神消散的美少年，而是一个聪慧而美艳的女性形象了。据《内观日疏》中载，有位姓姚的老妇人住在一个名叫长离桥的地方，在一个寒冷的冬夜里，她梦见天上有颗星斗落地，化作一丛水仙，香美异常，老妇人取而食之，醒后便生下一个女儿，长大后十分贤惠而聪明伶俐，因而人们又称水仙花为"姚女花"。又据《集异记》中说，河东人薛藁，少年时隔着窗看见一位美貌的女子，穿着一身素服，独自在庭院中徘徊，忽而叹道："我丈夫出外游学，相见恨难，而面对着如此良辰美景，岂不令人伤怀？"于是从袖中取出一幅画着兰花的卷子呆呆地凝望着，时而暗笑，时而泣下，复又吟诗数首，其音细微而清晰，听到人声渐至，她便隐身于水仙花中。忽有一男子从兰花中跳出，说道："娘子与我久别，必然相思日深吧，虽然你我只有半步之隔，然而相去不啻万里。"遂也吟诗二首，吟罢复跃入兰中，薛藁惊讶不已，并暗中记下他们的诗作，自此文才大进，一时传为佳话，故水仙和兰花也被称为"夫妻花"。可见，水仙在中国的传统中向被视作女性，因而被称作俪兰，又称作"凌波仙子"，宋代诗人黄庭坚咏水仙的诗就说："凌波仙子生尘袜，水上盈盈步微月。是谁招此断肠魂，种作寒花寄愁绝。含香体素欲倾城，山矾是弟梅是兄。坐对真成被花恼，出门一笑大江横。"（《王充道送水仙花五十枝》）也以凌波微步、罗袜生尘的洛神比喻水仙。这种以女性比作水仙的说法后来受到诗人刘克庄的诘难，他的水仙花诗云："岁华摇落物萧然，一种清风绝可怜。不许淤泥侵皓素，全凭风露发幽妍。骚魂酒落沉湘客，玉色依稀捉月仙。却笑涪翁太脂粉，误将高雅匹婵娟。"以为水仙不沾淤泥，风神高洁，若以人比，则是屈原、李白一流人物，而不宜将它比作女郎。尽管如此，历代诗人笔下的水仙，大多还是以女性形象出现的。

定盦对水仙的感情则不是来自神女仙子，而似与他道光六年（1826年）前后的一场恋爱有关，他的恋人就住在水畔，常常与他在西湖的曲岸边幽会。诗人听到她裙子的沙沙作响，嗅到她身上散发的幽香，分不清是风吹荷叶之声，还是暗中飘来的花香，于是他沉醉了，迷惘了，他希望为她塑一个像，而自己去做水仙之王，令她永远陪伴自己，所以说："乞貌风鬟陪我坐，他生来做水仙王。"（《梦中述愿作》）诗人之所以忽有欲做"水仙王"的奇想，也许是她的芳名与水仙有关，或是她爱好水仙，还是他们幽会的地方曾盛长着水仙。杭州钱塘门外有水仙王庙，据说这里的水仙王就是那位在《柳毅传书》中性情刚烈的钱塘龙君，故又名钱塘龙君庙。他们见面的地方恐怕就在水仙王庙附近，所以诗人萌生了欲做"水仙王"的愿望，这在他后来《己亥杂诗》中为回忆此段恋情而写的一首诗中可见：

> 花神祠与水仙祠，欲订源流愧未知。
> 但向西泠添石刻，骈文撰出女郎碑。

女子已香消玉殒，诗人只得在西泠桥边竖一块石碑，以表示自己永恒的纪念。他以"花神祠"与"水仙祠"起兴，一方面借此说明自己无意于考订河山掌故，欲尽笔墨于女郎的碑文，衬托出往日的情愫不能去怀；另一方面也道出"花神祠"与"水仙祠"是他们当日常至之处。

定盦有一篇《写神思铭》，并把它放在自己文集的卷首，故程秉钊说："《文心雕龙·神思》篇极论文章之奥，定公为此铭冠集之首，犹太史公之自叙也。《雕龙》云'形在江湖之上，心存魏阙之下'，神思之谓也，又作者言外之旨。"可知此篇是理解定盦作品的重要依据。其实，定盦所谓的"神思"，不是刘勰所说的文章构思，而是对自己的心神思绪的剖析，其中云："戒神毋梦，神乃自动。黯黯长空，楼疏万重。楼中有灯，有人亭亭。未通一言，化为春星。其境不测，其神习焉。峨峨云王，清清水仙。我铭代弦，希声不传，千春万年。"这里的水仙，就是他心中的偶像，是他自我精神的化身。定盦十三岁时，塾师宋璠曾命其作《水仙华赋》，后来定盦编其"少作"一卷，以此赋为冠，其中曰：

有一仙子兮其居何处？是幻非真兮降于水涯。鹎翠为裾，天然妆束；将黄染额，不事铅华。时则艳雪铺峦，懿芳兰其未蕊；玄冰荐月，感雅蒜而先花。

显然定盦以水仙自喻，标举它淡泊清淳、超尘绝俗的品格，寄托了自己不愿随俗流转的高洁情怀，正预示着他日后对水仙的特殊情感。

| 大风之夜 |

    中国诗歌中有关风的形象可以追溯到最古老的《诗经》，如《邶风》中就有名为《终风》和《凯风》的两首诗。《终风》中的风之形象是一个放荡戏慢、狂惑暴虐的男性的象征，所谓"终风且暴，顾我则笑，谑浪笑傲，中心是悼"。而《凯风》中的风之形象则是一个慈祥可爱、抚育万物的母亲的象征，所谓"凯风自南，吹彼棘心。棘心天天，母氏劬劳"。因而后世文人笔下的风也就带有各种各样的色彩，如宋玉著名的《风赋》，就把风分成了"大王之雄风"与"小人之雌风。"当然，风本没有好恶雌雄之分，只是人的感情和寄托不同，所以对自然的感受和描写也就各自带上了主观的色彩。然而，风作为一种自然现象，其自身具有凌厉肃杀的气势，所以汉代无名氏的《古歌》中说："秋风萧萧愁杀人。"曹操《苦寒行》中也说："树木何萧瑟，北风声正悲。"

总之，风（尤其是秋风）往往作为一种暴殄天物、摧残生灵的形象而出现在诗人的笔下。

因为风是一种无形的力量，虽然它是横暴而猖狂的，所以人们往往将它比作暗中的破坏和恶意的诽谤。当唐代诗人李商隐留滞荆湘时，就以秋风来比喻牛僧孺党人的气焰之盛，他们加害于李德裕、郑亚等人，令其远贬他乡，题为《风》的诗中说："回拂来鸿急，斜催别燕高。已寒休惨淡，更远尚呼号。"表面上是咏物，其实纯以比兴的手法写出自己对时事的感怀。至如李山甫的《风》则云："能将尘土平欺客，爱把波涛枉陷人。"也能在普通的咏物基础上推出新意，其寓意是十分明显的，然感慨则远不及李商隐的深沉。

定盦诗中风的形象也是专横跋扈、凶残暴虐的化身，《十月廿夜大风，不寐，起而书怀》一诗可谓典型的代表：

> 西山风伯骄不仁，虤如醉虎驰如轮；
> 排关绝塞忽大至，一夕炭价高千缗。
> 城南有客夜兀兀，不风尚且凄心神。
> 家书前夕至，忆我人海之一鳞。
> 此时慈母拥灯坐，姑倡妇和双劳人。
> 寒鼓四下梦我至，谓我久不同艰辛。
> 书中隐约不尽道，惝恍悬揣如闻呻。

我方九流百氏谈宴罢，酒醒炯炯神明真。

贵人一夕下飞语，绝似风伯骄无垠。

平生进退两颠簸，诘屈内讼知缘因。

侧身天地本孤绝，矧乃气悍心肝淳！

欹斜谑浪震四坐，即此难免群公瞋。

名高谤作勿自例，愿以自讼上慰平生亲。

纵有噫气自填咽，敢学大块舒轮囷。

起书此语灯焰死，狸奴瑟缩偎帏茵。

安得眼前可归竟归矣，风酥雨腻江南春。

　　全诗是环绕着风来写的，"西山风伯骄不仁"四句极言风势的猛烈，如猛虎的怒吼，如车轮的飞驰，它冲破关卡，横绝边塞，铺天席地而来，于是天气骤寒，京师一夜之间炭价猛增。显然，风一开始就是以一种凶恶而骄横的形象出现的。"城南有客"是诗人自指，"不风尚且凄心神"，可见其心情的凄凉苦闷，遂由自己的茕独凄苦而想到日前收到的家书，联想出慈母贤妻拥灯而坐、思念成梦的情景，通过她们对自己的思念而曲曲传出自己的思念，并以自己的"炯炯神明真"与母亲妻子梦中的迷茫惚恍做对照，令诗意更为跌宕。"贵人一夕下飞语，绝似风伯骄无垠"二句又回到写风，然以风喻人，揭出全诗的主题，点明诗的用意在于表示对社会不平现象的指责和抗争。从而诗人分析自己所以沉沦下僚的原因是由于生性的倔强和真淳，平时放浪形骸，嬉笑怒骂，虽然妙语惊人，难免得罪当政的权贵。所以他愿责备自己来慰藉亲人，虽然有不平之气也只能郁积于心，不敢学大块噫气，以风来表达其愤恨不平。最后说作诗时的悲凉景象，并表示了对江南"风酥雨腻"的怀念与向往。整首诗以风起，以风结，开合屈伸，体现了自己对现实的愤懑和对家乡亲人的怀念，可以说是历来咏风诗中的成功之作。

定盒深明自己所以郁郁不得志的症结在于禀性的直率与疾恶如仇，因而得罪权贵，遭人猜忌。据某笔记中说，他在京师时，某日与友人谈诗赋，忽一朋友说某次复试题为《正大光明殿赋》，但不知是以什么字为韵，在座的人也都不知道，定盒突然叫道："我知道，是以'长林丰草，禽兽居之'为韵。"闻者咋舌。正大光明殿，本来是指帝王之居，然定盒却以"禽兽居之"来加以嘲讽，自然使在座的人都惊恐万分了。正因为他有如此的习性，其不合时宜、受人谗谤也就是十分自然的事了，因而《清史稿》本传上说他："所至必惊众，名声藉藉，顾仕宦不达。"

定盒当时在京中大概也确曾受人诋毁，如他的《寒夜读归佩珊夫人赠诗》中就有"薏苡谗成泪有痕"之句，故此诗中的"贵人一夕下飞语，绝似风伯骄无垠"，很可能确有所指。至他在十七年之后出都时所写的《己亥杂诗》中，还是以风比作摧残人才的腐朽势力，"罡风力大簸春魂，虎豹沉沉卧九阍"，就以高天之风的摧落花枝形容仕途的风波之恶，那些盘踞要津的朝廷大臣又如虎豹之沉沉，不容后进，妒贤嫉能，因而自己只能如落花般飘零出都了，可见他笔下的风之形象始终是恶势力的象征。

西墙枯树

　　树是生命的象征，《圣经·旧约》中就有"生命之树"的说法，历代诗人笔下大都也在歌颂树木郁郁葱葱的生命力或赞美它傲然挺立、坚忍不拔的本性，如孟郊的"嘉木依性直，曲枝亦不生"（《赠苏州韦郎中使君》），包拯的"秀干终成栋，精钢不作钩"（《书端州郡斋壁》），都强调了树的品格。然而定盦笔下的树却另有一番情趣，另有一番寄托，其《己亥杂诗》之一云：

> 西墙枯树态纵横，奇古全凭一臂撑。
>
> 烈士暮年宜学道，江关词赋笑兰成。

　　这里所歌咏的不是"直上数千丈"的松树，也不是"黛色参天三千尺"的柏树。而是他自己昆山的寓所羽琌山馆墙角的一棵普通的枣树,诗的自注云:"羽琌之西,有枯枣一株,不忍斧去。"就是这样一棵无人问津的枯树,诗人却在其中发现了美,得到了人生的启示。

真正的艺术家能于丑中见美,于平凡中见伟大,枯树的枝干纵横交错,姿态奇逸古朴,虽然枝叶有些颓败,然铁枝横斜,主干盘旋而上,一种苍劲的气势依然可见,犹如一条昂首摇尾、头角峥嵘的虬龙,诗人于是从中感到了勃郁的生机,感到了被扭曲、被压抑下的顽强生命力。

诗人从中得到了启发:如此行将衰败的枯树,为何犹有奇逸古傲之态呢?原来因为它有一枝像巨臂那样有力的主干支撑着。这正如一个志向远大、气节高迈的人,到了暮年还是应该致力于宇宙人生哲理的探讨,有了这种精神的支柱,就可永葆青春,奋发向上,而不会像庾信那样,晚年的辞赋悲凉低沉,为后人耻笑。这里的"烈士",显暗袭曹操《龟虽寿》中"烈士暮年,壮心不已"的句意,谓老当益壮,心中的壮志不衰。庾信晚年饱经家国之痛,所作辞赋凄恻哀婉,如他著名的《哀江南赋》,所以杜甫就说过:"庾信平生最萧瑟,暮年诗赋动江关。"(《咏怀古迹》)他又有《枯树赋》一篇,很可能定盦联类及之,所以将他晚年的消沉悲悯来自警。

这诗的可贵不在于诗人歌颂了古树的奇姿逸态，给人以某种奇观，也不在于他所表现的人老心不老的雄心，以及有志于学道而不屑以文人终老的志向，而在于两者的结合，在于诗人由寻常之景中发掘出了不寻常的内涵。这样就给枯树的形象赋予丰富的意蕴；同样，令后两句的说理有了坚实的基础，使全诗不落于单纯说理的老调。这首诗中表现了定盦以小见大、借物寓情，能于日常事务之中发现深邃哲理的深思独造之能。

人是有思想的动物，人之所以有别于其他动物就在于人的思想与精神，古罗马的演说家西塞罗说："生活就是思想。"英国哲学家笛卡尔也曾说："我思故我在。"中国的先哲说："心者，身之君也。"（《尸子·贵言》）"凡人之所生者，神也。"（司马谈《论六家要旨》）定盦从枯树中悟出的正是这个道理：枯树之所以姿态纵横，就在于有一枝干能支撑起全树；而人之所以能自立于天地之间，就在于有思想，有精神力量的支持。由此他表现了自己晚年辞官以后自强不息的精神状态，他不甘就此沉沦，以叹贫嗟老而终其一生，而意欲有所作为，追求宇宙人生的根本之理。

定盦对树的观察很敏锐，如他的《说京师翠微山》一文中盛赞松柏的奇姿，他说："昔者余游苏州之邓尉山，有四松焉，形偃神飞，白昼若雷雨，四松之蔽可千亩，平生至是，见八松矣。邓尉之松放，翠微之松肃；邓尉之松古之逸，翠微之松古之直；邓尉之松，殆不知天地为何物。翠微之松，天地间不可无是松者也。"他对邓尉山和翠微山的奇树的描写十分传神，不仅能写出树之形貌，而且能写出其特征。所谓邓尉之松就是指"清""奇""古""怪"四株汉柏，是当地著名的胜迹，定盦对它们的描绘虽然很精当，却误将柏树当成了松树，也许这正是诗人意在牝牡骊黄之外，但却遭到后人的訾议，叶圣陶先生有诗说到此事，其中云："放逸二评出定公，传神得要我从同；只嫌体物微疏略，未辨殊形柏与松。"叶诗也可谓指责得体，可见名人尤其不能疏忽，这是关于定盦咏树的一个小小插曲，也可聊作文坛的掌故。

| 以诗论书法 |

嘉庆道光年间，书法理论中出现了一股强大的新潮流，这就是阮元首先揭出的"南北书派论"与"北碑南帖论"，之后的包世臣、康有为等人起而前呼后应，遂使晚清的书风丕变，一改自宋代以来帖学独盛的风气，有识之士纷纷效摹六朝碑版，有意求变，导致了所谓碑学的风靡书坛，一时名家，无不受其影响。

对于南北书法的不同，虽然自宋代欧阳修、赵孟坚等人已曾涉及，清初的陈奕禧、何焯也有这方面的论述，然未正式揭出南北二派的传统。到了阮元，他明确地将晋以后的书法分为南北二派：东晋、宋、齐、梁、陈为南派，赵、燕、魏、齐、周、隋为北派。南派的代表人物是王羲之、王献之、王僧虔以至智永、虞世南等，他们的传世作品主要是帖；北派的代表有索靖、崔悦、卢谌、高遵、姚元标、丁道护乃至欧阳询等，他们主要的作品是墓志碑碣。后世因唐太宗李世民酷爱王羲之的书法，大力加以提倡，及宋代《阁帖》盛行，不再重视中原碑版，遂使南派大盛而北派几将式微。阮元理论的意义在于肯定了南北朝墓志碑刻的价值，打破了帖学一统天下的局面，给书法艺术注入了新的血液。

定盦生当这种碑学理论初起之时，他又与阮元和包世臣都有很深的交谊，故其论书祈向也属碑学一派。据《清稗类钞》上说，阮元住在扬州的时候，有人要和他谈琐碎鄙俚之事，他就装作耳聋，有意回避，只有定盦来时才畅谈终日，耳朵也不聋了。还常周济贫困的定盦，因而当时流传着"阮公耳聋，见龚则聪；阮公俭啬，交龚则阔"的话，故定盦对书法的理解也颇受阮氏的影响，这在他的论书诗中即可见到，定盦有《顾丈千里得唐睿宗书顺陵碑，远自吴中见寄，余本以南北朝磨崖各一种悬斋中，得此而三，书于帧尾》云：

南书无过《瘗鹤铭》，北书无过《文殊经》。
忽然二物相顾哑，排闼一丈蛟龙青。

唐二十帝帝书圣，合南北手为唐型。
会见三物皆却走，召伯虎敦赫在庭。

定盦显然也以南北畛域为论书原则，他以《瘗鹤铭》与《文殊经》的拓本悬挂于斋中，即说明他对南北朝碑版的喜好，其趣尚已开晚清的碑学风气。他以为唐睿宗的《顺陵碑》能汇合南北，开唐楷典型，也是弥足珍贵的，因而可与上述二碑鼎足而三，其他古物相形之下都黯然失色，只有召伯虎敦可与媲美。

　　《瘗鹤铭》是著名的南朝碑刻，梁天监十三年（514年）华阳真逸撰碑文，原刻在镇江焦山的西麓摩崖上，后因山崩，石堕落江中，然神物灵护，居然无损，康熙年间陈鹏年移置山上，后砌入定慧寺壁间，现在你若到焦山碑林中去，还可以见到原物。关于此碑的书者，历来众说纷纭，宋黄庭坚以为出自王羲之之手，黄伯思以为由萧梁时号称"山中宰相"的陶弘景所书，而欧阳修则以为是唐代诗人顾况的手笔，但均无确证，因陶弘景有"华阳真人"的别号，所以清人大多相信是陶氏所书，定盦也是如此。其书法萧疏淡逸，有一种风神宽绰的韵趣，为历代书家所重。特别是晚清碑学派兴起之后，更被视为瑰宝，如近代的清道人，就纯从《瘗鹤铭》得笔法。至于《文殊经》即《水牛山文殊般若经碑》，孙星衍的《寰宇访碑记》中以为是北齐人书，包世臣以为是西晋人书，然据其题记，似为隋人书，其书风丰腴灵和，不同于北魏墓志的劲健奇伟，确较近隋碑的风格。当然，这在北碑中还算不上第一流的作品，只是在定盦之时北碑尚未大量出土，故所见有限。在七年以后他写《己亥杂诗》时，对北碑的认识就有了新的发展。其中二首说：

> 从今誓学六朝书，不肆山阴肆隐居。
>
> 万古焦山一痕石，飞升有术此权舆。
>
> （泾县包慎伯赠予《瘗鹤铭》，九月十一日，坐雨于羽琌
>
> 山馆，漫题其后。）

> 二王只合为奴仆，何况唐碑八百通？
>
> 欲与此铭分浩逸，北朝差许《郑文公》。
>
> （再跋旧拓《瘗鹤铭》。谓北魏兖州刺史郑羲碑，郑道昭书。）

包慎伯即大名鼎鼎的包世臣，安徽泾县人，他在政治上是个革新
派，与龚自珍为同调。书法师承邓石如，提倡北碑，敢于自辟蹊径，
著有《艺舟双辑》，极论书法的执笔结体之方，是一部影响深广的书论
著作，其中《历下笔谭》中说："杭州龚定盦藏宋拓《八关斋》七十二字，
一见疑为《鹤铭》，始知古人《鹤铭》似颜书之说有故。"可见他与定
盦曾一起切磋过书艺，故以《瘗鹤铭》的拓片相赠。

定盦在这两首诗中也充分地表现了他注重碑学的祈向，他公然撇
开历来被尊为"书圣"的王羲之（山阴）而不顾，要去学习陶弘景（隐
居）写的《瘗鹤铭》，表明他倾心于六朝碑刻，鄙薄帖学，视唐朝以下

之书为自郐无讥。他以为《瘗鹤铭》与《郑文公》代表了南北书法的最高成就，而不再提《文殊经》了，因《郑文公》更典型地体现了北朝书法的风格。包世臣的《历下笔谭》中说："北碑体多旁出，《郑文公碑》字独真心，而篆势、分韵、草情毕俱。"推尊之高，简直以为是北朝书法之冠。定盦对《郑文公碑》的激赏显然也受了包氏的影响。然即此已可以看出定盦在当时书风转变之中也曾起过积极的作用，他虽然没有像阮元和包世臣那样写有系统的书法理论著作，但就在这几首小诗中的吉光片羽已表现了他的书学观点，宜在书论史上有其一席之地。

值得注意的是定盦在"万古焦山一痕古，飞升有术此权舆"中除了表明自己的书学祈向外，还带有讥讽当时馆阁书体的用意。《瘗鹤铭》的书法以散逸疏朗见长，与用作科举考试的馆阁体大相径庭，而定盦却说以此可赢得高官厚禄，实是一句激愤的反话。定盦屡应会试、殿试失败，考军机章京也落榜，后考任乡试考官也未能通过，据说都是因为他的书法不合程墨，所以定盦对此耿耿于怀，后来作《干禄新书》，仿唐代颜元孙《干禄字书》之例，表面上劝导人们学习方正乌黑的馆阁体书法，其实借以讽刺以刻板僵硬的书法优劣程式作为选用人才的标准，他在《跋某帖后》中说："予不好学书，不得志于今之宦海，蹉跎一生。回忆幼时晴窗弄笔一种光景，何不乞之塾师，早早学此，一生无困阨下僚之叹矣！可胜负负！"无限悲愤之意溢于言表。

据易宗夔的《新世说》上讲，定盦命其家中的女儿、媳妇、妻妾、婢女等都习馆阁体书，有客若谈及某某翰林，他便勃然变色道："现在的翰林有什么了不起，我家里的女流之辈，无一不可入翰林院。"意谓翰林只知写方光乌亮的馆阁之书，则无他术，与女子小儿相差无几。又据裘毓麟的《清代佚闻》中说，定盦某次去做礼部尚书的叔父龚守正家，刚坐定，就有人通报说一新翰林来求见，定盦只得避入大厅边的耳室中，听叔父问那人近来作什么事，回答说：写白折子。白折子是一种应制的小楷，要求极工整匀称。龚尚书听了连连称善，并告诫他说，如果碰到应差的考试，字迹一定要端秀，墨迹要浓厚，点画要平正，那人正在唯唯诺诺，定盦却走出来大喊道："翰林学问，原来如此。"据说，那新点的翰林惶悚地逃走了，叔父对他怒加斥责，然定盦却掉头不顾，从此不再去尚书府邸了。

以上的传闻不知是否确凿，然至少说明定盦对只知写白折子而无真才实学的官吏深恶痛绝，其实定盦对方正乌亮的馆阁之书也不是不能写，而是不屑去写罢了。他曾说：

> 书家有三等：一为通人之书，文章学问之光，书卷之味，郁郁于胸中，发于纸上，一生不作书则已，某日始作书，某日即当贤于古今书家者也，其上也。一为书家之书，以书名家，法度源流，备于古今，一切言书法者，吾不具论，其次也。

一为当世馆阁之书，惟整齐是议，则临帖最妙。夫明窗净几，笔砚精良，专以临帖为事，天下之闲人也。吾难得此暇日。偶遇此日，甫三四行，自觉胸中不忍负此一日之意，遂辍弗为，更寻他务，虽极琐碎，亦苦心耗神而后已，率之相去几何？真天下之劳人，天下之薄福人也。

可见定盦不忍以大好的时光消磨在模拟临习字帖上，他所追求的是第一等襟抱，第一等学问，第一等书法，因而宁可作劳人而不作闲人。如此说来，定盦的仕途蹭蹬，归根结底不在于书法，而在于他的处世态度。

长安俊物

　　历来诗歌中咏猫的作品较为罕见，原因大概是由于猫的形态本来不佳，而且白天它总是懒洋洋的，可谓懒散无聊的典型。故古人很少对它褒扬，宋代梅妻鹤子的林逋也曾畜养过猫，他的《猫儿》诗云：

　　　　纤钩时得小溪鱼，饱卧花阴兴有余。
　　　　自是鼠嫌贫不到，莫惭尸素在吾庐。

　　"纤钩"就是指猫的细爪。这首诗实在可以说是诗人为自己的猫所作的解嘲，说它有时能在溪中捕到小鱼，然整日饱卧花荫，像是看花的兴致永远不败，因为家中贫寒，老鼠也不来光顾，所以猫也就没有了用武之地，因此最后说它尽管可以心安理得地在我家待下去，不必为尸位素餐、饱食终日无所事事而自惭形秽，这里林逋在为猫作解嘲的同时也对自己的守贫固穷作了调侃。读来不觉令人莞尔。

龚定盦的猫诗则正与此相反，他用猫的媚态来嘲弄那些阿谀诎媚之徒，同时讥刺了那些饲养爱畜的达官贵人：他的《己亥杂诗》中之一云：

> 缱绻依人慧有余，长安俊物最推渠。
> 故侯门第歌钟歇，犹办晨餐二寸鱼。

自注云："忆北方狮子猫。"据《清稗类钞》上说，清代的官禁卿相之家都喜爱养"狮猫"，几乎成为一时的风气，咸丰辛亥（1851年）年间，有一个名叫白三喜的太监，私自将他的侄子带进宫里取了一只狮猫，后来被人察觉，于是被治了罪。可见狮猫在当时被视为一种珍贵的动物，豢养狮猫也被视为是一种富贵有闲的表现。

狮子猫又称波斯猫，猫头浑圆，脚粗短，长毛尾巨，毛色以纯白为贵，黄白杂色次之，斑驳或云斑为变种，有人以为明末由波斯传入中国，其实早在宋代就已有人豢养。陆游的《老学庵笔记》中说："秦桧之孙女封崇国夫人者，谓之童夫人，盖小名也，爱一狮猫，忽亡之，令临安府访求。"走了一只猫竟然要惊动知府大老爷，可见秦桧的淫威，也说明狮猫之珍奇。

　　定盦的诗中说狮子猫对人很亲昵，缠绵多情的样子招人爱怜，然"慧有余"三字暗示了狮猫讨好主人工于心计的本性，所以诗人说京城中为人珍视的尤物首先可推狮猫了。即使那些钟鸣鼎食之家的家业已败落，可家中豢养着的狮猫却还能得到优待，每日早上还有二寸长的小鱼作为早餐。这里定盦显然欲以狮子猫的形象比喻那些逢迎拍马、摇尾乞怜之徒，他们虽然不学无术，却在讨取主人的欢心上心智过人，颇有手段，因此往往能博得主人的宠爱。据黄汉的《猫苑》上说："张孟仙曰：狮猫产西洋诸国，毛长身大，不善捕鼠。一种如兔，眼红耳长，尾短如刷，身高体肥，虽驯而笨。"可见狮猫不善于捕鼠而且举动笨拙，本来就是一个无能之辈的形象，然而凭着它对主人的讨好奉顺而博得人们的青睐，真是可恶又可悲。

　　这本来是一首普通的咏物诗，虽然寄寓了一点讽喻的意味，但诗意还是很明显的，而且小注中已讲得十分明白，此诗是回想"北方狮子猫"的。然而因为这首诗在《己亥杂诗》中的次序正好在那首最为神秘的《忆太平湖之丁香花》之后，所以引起了人们的猜测和附会。冒鹤亭以为"忆北方狮子猫"与前一首"确为太清作，然也不过遐想"（《孽海花闲话》）。他又于顾太清诗集中《六月十五日山东苗道士寄来七寸许小猴一双，每当饲米，必分食之，似有相爱之意，诗以纪之》

一首以下忽批道："此亦长安俊物也，骤见之，不知为何意。"于是以为顾龚之诗都有所寄托，暗指两人的暧昧之事。这实在到了牵强附会的极点，故孟心史（森）先生说："冒氏盖以与定公注解也。幸而太清自咏小猴，设亦有咏狮子猫诗，则将谓与定公所忆同是一猫矣。太清负盛名，定盦才调尤为世人宗仰，得纽为一谈，自足风靡一切。"太清与定盦的恋情本为子虚乌有，故以狮子猫附会太清事也是不值一驳的，然而此诗与"丁香花"一首确也引起了后人的猜疑，并引出了龚顾的许多传说，所以成为龚集中颇为人们重视的一首诗作了。

| 某王孙的故事 |

定盦的《红禅室词》中有一首《瑶台第一层》，其言曰：

> 无分同生偏共死，天长恨较长。风灾不到，月明难晓，
> 昙誓天旁。偶然沦谪处，感俊语小玉聪狂。人间世，便居然
> 愿作，长命鸳鸯。

> 幽香，兰言半枕，欢期抵过八千场。今生已矣，玉钗鬖卸，
> 翠钏肌凉。赖红巾入梦，梦里说别有仙乡。渺何方？向琼楼
> 翠宇，万古携将。

此词据定盦在词前的小引和词后所载的《王孙传》说，完全是根

据一个真实的故事写成，其事则哀感顽艳：

某王孙是清代八旗子弟中的镶黄旗人，生得一表人才而又知书达理，虽然才华横溢，却温和可亲，视之如江南世家弟子。年方十六，爱慕其表亲某氏之女，女子才十五岁，却多愁善感，擅长倚声填词，所作哀怨凄楚，迷离惝恍；又常常做些奇异的梦，梦见自己脱离了尘寰，置身于瑶池仙境。两人虽然自幼耳鬓厮磨，然稍长之后，每次相见如电感雷击，精神中若有感应，归家后便相思不已，看到相似的身影便目迷神摇，听到相似的名字便怦然心惊，虽然未尝眉目传情或以言语挑破，然两情相契，却如痴如梦一般。

女子的身边有一名丫鬟，名叫杏儿，看破了其中的隐情，一日便对小姐说："王孙骨格清俊，聪明绝特，正是人中翘楚，如意的郎君。"女子闻此默默不语，而心中的爱慕之情却无法抑制。但两家的家长丝毫也没有觉察儿女们的隐情，还忙着筹措为他们另择佳偶，两家的儿女听说后都郁郁不欢，终于卧病不起，于是婚配之事只能搁下，然而家长们始终没有成全他们的意图。

王孙有时去表妹家，则向杏儿吐露心曲，语多辛酸可怜，杏儿也时时为他传递消息。一天，王孙对杏儿说："近来病愁交加，恐不能长此以往，况事与愿违，永别的时刻看来不远了。如能令小姐知我为她而死，则死而无憾了。"杏儿说："要我怎么办呢？"王孙说："如能见上小姐一面，则死也瞑目。"杏儿于是将王孙的意思婉言告诉了小姐，小姐唯恐王孙含恨而逝，遂同意一见。

　　那是二月下旬的一天，严寒未消，王孙穿着雪鼠皮里子的长褂，系着香色巾，虽然还是那样的楚楚动人，但清瘦了许多，似乎憔悴得不胜衣冠了，旧时的风姿神采已不复存在了。女子也因连日多病，芳容顿减，相见之下只是默默无语而相对垂泪。杏儿给小姐穿上了猩红的长袍，并多次暗示王孙搂抱小姐，然而王孙生性拘谨，不善佻达，只管低首不语，杏儿再三催促，小姐就说："我们都生于贵胄之家，虽然我已默许我的身体属于您了，但今天见面，只是相互表示衷曲，如果日后果能喜结良缘，则欢爱之时还很长，如果不能成为夫妻，只有一死相偿。至于其他的事，如能成为夫妻则终身为君耻笑，如不能成为夫妻，则我也愿以洁白之身归于黄泉，君也不必玷污我的贞洁。"说完便泪如泉涌。这天夜里风雪交加，王孙在外室就寝，然女子终于未出来一视。

　　过了几天，女子忽然似与王孙共床联寐，枕席之间，不忍峻拒，迷离之中，又悔恨呜咽，杏儿急忙呼唤，原来是南柯一梦。从此以后，一病不起，知父母终无将自己许配王孙的打算，病情更笃。一日，王孙来视，杏儿将他引入闺房，径自走到病榻前，揭开软红帐，立于床前，小姐刚刚安睡，张眼看到王孙，似有责怪杏儿之意。王孙会意，便道："并无他意，只是来诀别的。"执手而泣，小姐说："今生今世难以报答您的大恩，死如有知，夜夜与君梦中相见。"王孙暗暗地以红巾系于女子的内衣。

　　第二天就传来了女子去世的消息。当天晚上，王孙梦见女子拿着红巾来问道："这是您的东西吗？"王孙说："是的。"于是女子每夜梦中来访，欢爱如人间夫妇。女子虽不拒绝王孙的要求，而意中略带勉强，曾说："我钟情于君，不仅在于肉体上的亲昵，只是君以此为欢，我也无所顾惜，所以如此，因报君之恩惠罢了。"一天，女子忽然说："能跟我去吗？"王孙回答说大事还未了，过了几年，王孙的父母相继去世，丧葬礼毕，女子忽然来道："我本是上界之人，一时坠落人间，行将复位，但今已为风尘所染，又因婚嫁不遂而死，所以被贬为绿函待史，但仍居天界，君大事已毕，何不随我而来？"王孙于是绝食而死。杏儿听说后也悬梁自尽。

　　定盦本是个多情的人，听到如此令人伤感的故事，禁不住一掬同情之泪，遂以填词的形式将这个故事记录下来，据他自己说，本欲以小说的形式叙述此事，然因其所作说部寥寥不成卷帙，遂取倚声填词。词意强调了姻缘宿定，此恨绵绵，女子既为上界仙女下凡，因而词中弥漫着浪漫色彩，而将凄恻感人的细节都略去了，也许这是由于词的篇幅和形式所决定的，无须苛求作者。王孙的故事虽是千百年来封建枷锁重压下青年男女恋爱悲剧的典型例子，然而王孙的痴情而又怯懦，女子的诚笃而能自制，都具有鲜明的个性，杏儿虽是红娘一流敢于冲破礼教的人物，但终究由于男女主人公的"发乎情而止乎礼义"，未能成就张生和崔莺莺般的美事。

定盦的这首词写得并不出色，只是因为背后这个凄艳的故事令读者感动。王孙与那女子由于礼教的束缚而食了苦果，女子生前谨守礼法而死后却于梦中幽媾，实有几分类似于《牡丹亭》中的杜丽娘，可见他们未忘男女的大欲，由此揭露了封建礼教的伪善与吃人。有人以为定盦借此暗示了自己与顾太清的一段恋情，显然是无稽之谈。苏雪林女士曾以为这是定盦回忆少年时与一满族女子的恋爱经历，也系猜测之辞，不足为据，我们不妨作一篇真实的故事来读，岂不更合情理。

不见风流种蕙人

在乾隆、嘉庆年间，苏州城外住着一位风流儒雅而又豪爽好客的名士，叫袁廷梼。家里世代书香，而且十分富有，于是筑小园于枫江，颇有水石之胜，又蓄书万卷，都为宋椠元刻，当时的著名学者如钱大昕、王鸣盛、王昶、段玉裁、钮树玉等人都与他交往甚密，曾互相切磋学问，因而袁氏在江南一带颇负盛名，定盦的父亲龚丽正也曾是他的座上客。

有一天，钮树玉送了袁氏一盆洞庭山的红蕙花。说起这红蕙花，也正可谓"提起此马来头大"了，据说是顾亭林的外甥、康熙时做过刑部尚书的徐乾学曾亲手将此花种在乾隆时官至兵部尚书的金士松的听涛阁之前。因而，本来这种只是生长在山野之间的草花居然身价百倍。不过红蕙花也委实稀奇，当猩红猩红的蕙花开时，发出阵阵清香；它既有浓艳的色彩娱人眼目，又不乏兰蕙的幽香。正由于它的奇姿逸态，清芬绝俗，很快得到了主人的青睐，袁氏曾将一枝盛开的红蕙插在汝州产的瓷瓶中，遂成一幅艳丽动人的红蕙花图，并将自己的居室改名为"红蕙花斋"，给自己的诗文集取名为《红蕙斋集》，在自己的笔管上刻了"红蕙斋笔"四字，还作了一部《红蕙花乐府》的曲子，给梨园子弟去演唱，又广泛征集天下名士为作《赋红蕙诗》，于是一时文坛传为佳话。袁氏将画与诗装裱成册，成为一册精妙绝伦的乌丝阑素册，袁氏的风情逸趣于此中可以想见。然而，正是由于他的喜尚儒雅而不治生产，又好结交四方名士，往往急人之难，慷慨解囊，不久家资耗尽，流落于江浙一带，旋又染疾去世。

过了十多年，在嘉庆二十四年（1819年）的冬天，突然有一位白面书生来到定盦之父上海的江南苏松太兵备道的官署，其人凄寒无依，遂出示晋代的石砚一方以求典质，问答之下才知道此人原来就是袁廷梼之子。定盦的父亲遂出资相赠，并拒绝接受他的砚石，也算对于故友的纪念与报答。定盦深感前辈风流已一去不返，于是写下了四首绝句题于《红蕙花诗》册尾：

香满吟笺洒满卮，枫桥宾客夜灯时。

故家池馆今何许？红蕙花开空染枝。

读罢一时才子句，骚香汉艳各精神。

十年我恨生差晚，不见风流种蕙人。

歌板无聊舞袖凉，江南词话断人肠。

人生合种闲花草，莫遣黄金怨国香。

眼前谁是此花身？寂寞猩红万古春。

花有家乡侬替管，五湖添个泛舟人。

定盦的这组诗旨在写出盛时不再、今非昔比的感慨，对袁氏的家道中落，其身前的豪爽风流与身后的潦倒悲凉也寄寓了深切的同情。

第一首以当时袁廷梼与客赏花吟诗、秉烛夜饮的豪情，与如今池馆零落、红蕙空存的凄凉景象作比，表现出昔日的盛会已不复存在。龚自珍平生虽然不乏进步的民主思想。然他对乾、嘉的老辈一直抱着无限崇仰的心情，他以为乾隆一朝乃是人才荟萃、彬彬称盛的时代，因而他在自己的诗中也反复表达了这种企慕，如他的《寥落》诗中说："乾隆朝士不相识，无故飞扬入梦中。"《秋夜听俞秋圃弹琵琶赋诗，书诸老辈诗册之尾》中说："我有心灵动鬼神，却无福见乾隆春。席中亦复无知者，谁是乾隆全盛人？"又在《与秦敦夫》一文中说："士大夫多瞻仰前辈一日，则胸中长一分丘壑；长一分丘壑，去一分鄙陋；潜移默化，将来或出或处，所以益人家邦与移人风俗不少矣。"可见他对前辈的尊敬与仰慕。知此，便不难理解为什么定盦在此诗中对前代的盛事表现出如此热切的向往了。

第二首便从《红蕙花诗》落笔，说当日之题咏极一时人才之盛，或如楚辞那样沉郁浓丽，异香袭人，或如汉乐府那样明转天然，光彩四射，各人有各人的神采气格，各篇有各篇的风韵趣味。于是定盦感叹予生也晚，未能与袁廷梼等人并世而立，赶上群贤竞赋红蕙花的风流之事，一种对前代的留恋神往之情溢于言表。

第三首也极言歌舞欢畅已如过眼云烟，吟诗作画一去不返，念之也徒令人肝肠欲断。因此诗人说，为人宜种植寻常花草，不必追求奇葩异卉，因为名花易令人倾心爱慕，而人生短暂，好花易残，终将铸成遗恨，令人千古伤心。定盦又有诗云："种花都是种愁根，没个花枝又断魂。"（《昨夜》）体现了同样的心境。"国香"即指兰蕙一类名花，"人生"两句显然是伤心的反语了。

最后一首则从红蕙花落墨，惜花人去，好花犹在，它在寂寞的春光里独自开放，虽然猩红艳丽，却茕茕独立，无知音见赏，万古如斯地常将春色留在人间。于是诗人表示愿穷一生之心力来做护花使者，在最后两句之后他自注曰："非石云：'山中此花易得。'余固有买宅洞庭之想，故云尔。"非石就是钮树玉的字。定盦愿意放弃贵胄公子的生活而散发扁舟，隐居于洞庭湖畔，永远去与红蕙花做伴。

这四首诗表现了一种强烈的今昔之感，同时体现了定盦怜香惜玉的个性，红蕙花在他心中所激起的不仅是对前辈的追忆，对文采风流的仰慕，而且引起了诗人对美的追求和向往。"红蕙花开空染枝"，令他惆怅；"寂寞猩红万古春"，令他悲伤：他甚至愿去住在那红蕙花盛开的洞庭湖畔，永远做一个护花主人，远离尘嚣，五湖泛舟，以此终老。

可见，红蕙花的魅力不仅来自它的香艳明丽，而且来自它出自幽谷、孤芳自傲的品格。蕙花是一种与兰花相近似的草花，黄庭坚《书幽芳亭》中说："一干一花而香有余者兰，一干五花而香不足者蕙。蕙虽不若兰，其视椒樧则远矣，世论以为国香矣。"所以屈原的《离骚》中说："余既滋兰之九畹兮，又树蕙之百亩。"《招魂》中也说："光风转蕙，泛崇兰些。"可见蕙也是一种品德超迈、不谐流俗的象征，因而受到诗人们的歌颂。

《文心雕龙》中说："男子树兰而不芳，无其情也。"意谓文学创作中如果没有真实的感情作为基础，那么即使去写香花美草，也只能是徒有形迹，未得其精神。定盦之所以见红蕙花诗册而即感兴赋诗，而且写得哀艳动人，其根本原因就在于他本身具有爱美、爱自由的个性。

与少年争光风

　　道光元年（1821年），龚自珍已到了而立之年，然而他于前一年的会试中第二次落第，在这一年军机章京的考试中又未被录取。诗人义愤填膺，对于官场的黑暗与科举的害人有了更清醒的认识，遂萌生出隐居避世的念头；他又向佛学中追求精神的解脱，试图以此来消烦解忧，于是写下了一首驰骋想象，充满着浪漫气息的奇作——《能令公少年行》：

　　　　蹉跎乎公！公今言愁愁无终。公毋哀吟娅姹声沉空，酌我五石云母钟，我能令公颜丹鬓绿而与少年争光风，听我歌此胜丝桐。貂毫署年年甫中，著书先成不朽功，名惊四海如云龙，攫挐不定光影同。征文考献陈礼容，饮酒结客横才锋，逃禅一意皈宗风，惜哉幽情丽想销难空。拂衣行矣如奔虹，太湖西去青青峰。一楼初上一阁逢，玉箫金琯东山东。美人十五如花秾，湖波如镜能照容，山痕宛宛能助长眉丰。一索钿盒知心同，再索班管知才工，珠明玉暖春朦胧，吴歈楚词兼国风，深吟浅吟态不同，千篇背尽灯玲珑。有时言寻缥缈之孤踪，春山不妒春裙红，笛声叫起春波龙，湖波湖雨来空濛，桃花乱打兰舟篷，烟新月旧长相从。十年不见王与公，亦不见九州名流一刺通。其南邻北舍谁与相过从？痀瘘丈人石户农，嵚崎楚客，窈窕吴侬，敲门借书者钓翁，探碑学拓者溪僮。卖剑买琴，斗瓦输铜，银针玉薤芝泥封，秦疏汉密齐梁工，佉经梵刻著录重，千番百轴光熊熊，奇许相借错许攻。应客有玄鹤，惊人无白骢，相思相访溪凹与谷中，采茶采药三三两两逢，高谈俊辩皆沉雄。公等休矣吾方慵，天凉忽报芦花浓，七十二峰峰峰生丹枫，紫蟹熟矣胡麻饛，门前钓榜催词筩。余方左抽豪，右按谱，高吟角与宫，三声两声棹唱终，吹入浩浩芦花风，仰视一白云卷空。归来料理书灯红，茶烟欲散颊釁浓，秋肌出钏凉珑松，梦不堕少年烦恼丛。东僧西僧一杵钟，披衣起展华严筒。噫嘻！少年万恨填心胸，消灾解难畴之功？吉祥解脱文殊童，著我五十三参中。莲邦纵使缘未通，他生且生兜率宫。

这首洋洋五百余言的长诗体现了定盦心中的憧憬，在本诗的小序中他说："龚子自祷祈之所言也。虽弗能遂，酒酣歌之，可以怡魂而泽颜焉。"可见诗中所勾勒的画面正是他梦寐以求的理想生活，即使难以使它成为现实，可是每当吟诵此诗时，便令人精神振奋，意气风发，"能令公颜丹鬓绿而与少年争光风"。前人说杜甫的"子璋髑髅血模糊，手提掷还崔大夫"之句可以为人治病，而定盦以为自己此诗能使人返老还童，永葆青春，可见其中凝聚着诗人何等的力量与希望。

　　这首诗从某种意义上说是定盦的自勉之词，因而诗的一开头就借理想的我（"我"）与现实的我（"公"）之间的对话规劝自己不必沉湎于忧愁烦恼之中，而应奋发向上，面向光明。他回首自己三十年来走过的人生之路，从著书立说，征文考献，到饮酒结客，名惊四海，然最终还是不容于世，只得逃禅学佛，以求解脱，然其"幽情丽想"难以按捺，于是全诗从想象落墨。

　　诗人张开了想象的翅膀，如奔走天际的彩虹一样来到青山如黛的太湖之滨，在那楼台重重的高阁上见着一位善于吹箫奏乐的妙龄女郎，平静如镜的湖水映照着她花一般的容颜，一抹远山更增添了她那修眉的妩媚与丰韵，而且她的才华出众，工于吟咏，因而诗人与她一见倾心，愿结百年之好。这里定盦吸取了古代诗人美人香草、托物寄兴的表现手法。在现实生活中他虽然屡屡落第，然终希望能在人间觅到知音，所以他笔下的"美人"形象，不仅是他理想中的爱人，而且是自己志同道合者的化身。

"有时言寻缥缈之孤踪"以下便写他隐居生活的种种乐趣，在那山花烂漫、湖光空蒙之中，诗人去寻找踪迹缥缈的高士，徜徉在山巅水涯，与落花同眠，与新月相从。来往交游的都是些嵚崎历落的山林隐居之士，诸如"石户农""楚客""吴侬""钓翁""溪僮"之辈，而绝无王公显贵一流的庸俗之辈，诗人欲与那些山间高士玩赏古器，共析奇文，高谈俊辩，无拘无束地交往出游。这里的描写不仅是定盦的理想，而且是他平生恪守的交谊原则，在六年之后所写的《自春徂秋，偶有所触，拉杂书之，漫不诠次，得十五首》中说自己在京城的生活："朝从屠沽游，夕拉驺卒饮。"陈元禄的《羽琌逸事》中载他"在京师尝乘驴车，独游丰台，于芍药深处席地坐，拉一人共饮，抗声高歌，花片皆落"。可见他爱与下层人士交往，可以说是以市隐而实现了他的隐居理想。

当天气转凉，忽闻湖中芦花正浓，诗人便驾着一叶扁舟去湖中荡桨，他抽毫按谱，朗吟高咏，歌声散入芦花丛中，仰视行云，颓然不动。当夜幕降临，游湖归来，燃灯煮茗，心身都达到了极度的舒畅。听着那禅寺的钟声，展开经卷诵读，于是心中的千愁万恨顿时冰消瓦解，他愿遵循佛教的启示，参遍有道之人，纵使此生未能进入佛国，他生也要修成正果。全诗以学佛作结，表现了诗人此时的祈向与心境。

这首诗受到读定盦诗者的普遍重视，因为其中反映的思想不仅体现了定盦个人的愿望，而且展现了一代士人的理想，其中所刻画的直率而自由的世界，正是当时谋图改革的有识之士理想中的乌托邦，这种乌托邦已不同于陶渊明笔下的桃花源：闲适宁静，安居乐业，人与人无争无竞，老死不相往来；而是一片充满阳光、充满朝气的乐土，人们追求的是开张的个性，自由的生活，在那里有爱情，有友谊，有欢乐，有悲哀，有人与人的沟通，也有人与自然的融合。虽然此诗有一个学佛遁世的消极尾巴，但整首诗表现出积极向上的昂扬之气自不待言。我们如果参之以定盦的好友魏源之《洞庭吟》《太湖夜月吟》《西洞庭石公山吟》等歌行便可见到与龚诗一脉相承的精神，如这样的句子："一自溪山破混沌，从此四方互相见，海外俄闻礼乐通，山中不许桑麻闷。龙争虎战血中原，始说仙山好清宴，何如太平载酒五湖行，酒味更比桃源清；何如湖天旷荡来晞发，明月更比洞天阔，但得此胸汪洋三万顷，何事洞庭更张乐。谢客言，把客手，入世出世夫何有！秦人求仙仙避秦，今日山中之仙来沽山外酒。"（《西洞庭石公山吟》）虽然魏诗是由纪实而发的议论，而龚诗只是驰骋他的"幽情丽想"，然而他们所描绘的理想境界都不是桃花源式的宁静生活，无意于出世入世的纷争，而只是追求精神的自由。李慈铭的《越缦堂日记》中称此诗"亦一时奇作也"，已看出了本诗以奇诡的想象而反映了时代心理的特征。

梁启超在他那篇著名的《少年中国说》中曾援引过定盦此诗，他说："龚自珍氏之集有诗一章，题曰《能令公少年行》。吾尝爱读之，而有味乎其用意之所存。"就意在提倡定盦此诗中描绘的奋发自强、朝气蓬勃的精神。梁氏的文章敲响了穷途末路、气息奄奄的清王朝的丧钟，而欢呼一个充满活力、富有生机的新社会的诞生，溯其渊源，我们在定盦的这首抒情长诗中已可见其滥觞。有人仅把它视为"定公中年，仕宦不忘东南山居曼妙之乐"（佚名《定盦诗评》），实在是坐井观天，未免小视了此诗的意义。

定盦此诗艺术上的魅力也是十分明显的，他那奇异诡怪的笔纯任思想的飘忽与感情的驱遣，在其中我们看到了屈原、庄子、李白、李贺诗文的影子，全诗弥漫着浓郁的浪漫气息。有人说这是取法于佛经中的奇思异想，也许不无道理，因为定盦此时正倾心于内典，自然会受其影响。

| 落花的奇想 |

历代诗人歌咏落花的作品何啻千万，落花令人想到的无非是春之将逝，美景易过，引起人们对美的留恋，对生命的叹息。如唐代崔橹的"马上行人莫回首，断君肠是欲残时"（《暮春对花》），翁宏的"落花人独立"（《春残》）和辛弃疾的"惜春长怕花开早，何况落红无数"（《摸鱼儿》）都说明落花撩起了诗人的愁思。那不堪回首的行人，那伫立花旁的吟客，那抱怨春之匆匆的骚人，此时心中都有几分悲哀和惆怅。然而，唯有定盦的落花诗却写得慷慨激昂，颇有豪杰本色，其中最著名的自然要数《西郊落花歌》了：

> 西郊落花天下奇，古来但赋伤春诗。西郊车马一朝尽，
> 定盦先生沽酒来赏之。先生探春人不觉，先生送春人又嗤。

呼朋亦得三四子，出城失色神皆痴。如钱塘潮夜澎湃，如昆阳战晨披靡，如八万四千天女洗脸罢，齐向此地倾胭脂。奇龙怪凤爱漂泊，琴高之鲤何反欲上天为？玉皇宫中空若洗，三十六界无一青蛾眉。又如先生平生之忧患，恍惚怪诞百出无穷期。先生读书尽三藏，最喜维摩卷里多清词。又闻净土落花深四寸，冥目观赏尤神驰。西方净国未可到，下笔绮语何漓漓！安得树有不尽之花更雨新好者，三百六十日长是落花时。

这是定盦诗中的一首奇作。全诗可一言以蔽之曰：奇。"西郊落花天下奇"，即以"奇"字领起整首，不仅花奇，而且诗人写来也奇思纷出，不同凡响。

定盦此诗的奇，首先表现在他对落花所抱的态度一反常规，自古以来，人们无不由落花而伤春，因而对落花的咏叹只是一曲哀歌，而定盦的歌却充满着奋发向上的精神。诗的一开头就写自己的赏花与众不同。当花事已了，达官贵人的车马已不再问津西郊的时候，诗人却带着酒，邀了三五同好，来到丰宜门外赏花。此诗的小序中说："出丰宜门一里，海棠大十围者八九十本。花时车马太盛，未尝过也。三月二十六日，大风；明日风少定，则偕金礼部应城、汪孝廉潭、朱上舍祖毂、家弟自谷出城饮而有此作。"可见他有意地避开熙熙攘攘的赏花之人，而挑选了一个风雨之后、冷清的暮春时节去追寻春光，送别春光，这虽然在别人的眼里看来有些不合情理，甚至加以嗤笑，然而诗人却我行我素，旁若无人，其不谐流俗的傲岸个性于此可见，此一奇也。

定盦本来只是想去送春，料想那是一片残枝遗香、飞花减春的凄凉景象。然而一到了西郊，满地的落英缤纷，极为壮观，令他的心中惊疑不止，同游者甚至到了失色相向、如痴如狂的地步，景色的奇异，大大地出乎人所料，此二奇也。

诗人对落花的描摹一连用了七个奇妙的比喻，这些比喻意在说明落花的铺天盖地，丰姿多彩，然而诗人没有局限于形似，而力求写出落花的气势与精神。他以钱江之潮的汹涌澎湃，以昆阳之战中军队的四散崩溃，以八万四千天女一齐倾下洗除胭脂之水，以奇龙怪凤和琴高之鲤的升天入地，以仙女的翩翩下凡，以自己光怪陆离的忧患来比作落花的纷纷扰扰，艳丽动人，这些句子确是超出了一般比喻的以显比晦、以具体比抽象的常规，撇开了形态的类比而专取神似，遂令落花的景象被描绘得十分壮观。这种连续运用比喻的手法修辞上称作博喻，在西洋文学中莎士比亚堪称运用博喻的高手，他往往用一连串的比喻，将事物刻画得淋漓尽致，令读者颇有应接不暇之感，为他驰骋的想象所震惊。有人以为在中国文人中堪与莎翁媲美的唯有苏东坡，如他的《百步洪》诗中就连用了四句八个比喻来写船在急流中的飞驶之状，后来查慎行评此诗说："联用比拟，局阵开拓，古未有此法，自先生创之。"其实这种博喻的手法也非东坡的创格，如《战国策》中"苏秦为赵合纵说齐宣王"中说："齐地方二千里，带甲数十万，粟如丘山。齐车之良，五家之兵，疾如锥矢，战如雷电，解如风雨。即有军役，未尝倍太山绝清河涉渤海也。"就连用比喻，至韩愈的《送石洪序》中说："论人高下，事后当成败，若决江河下流东注；若驷马驾轻车，就熟路，而王良、造父为之先后也；若烛照，数计而龟卜也。"也重复连贯地叠用比喻，可知这种手法大致由文入诗。然定盦此诗中的博喻，可以说比韩、苏有过之而无不及，其比喻的奇警巧妙也几乎是前无古人的，此三奇也。

至于此诗的尾句，虽然本诸定盦的佛学思想，然其旷达豪迈的胸襟又非常人可及。诗人闭目骋怀，心向往之，《璎珞经·普称品》中说："于其空中而兴微云，雨诸香花，时空中花积至于膝。"即为诗人想象所本。又《妙法莲华经·化城喻品》中说："春风吹荬华，更雨新好者。"正是"安得树有不尽之花更雨新者"的依据。总之，定盦熟练地驾驭内典，使本来消极出世的佛学为其乐观进取的精神所用，其用事的娴熟到了炉火纯青的境界，可谓奇之四者。

定盦诗的奇思异想在这首《西郊落花歌》中充分地表现了出来。

定盦诗的奇诡不仅在于遣词造句的璀璨瑰异，而是缘于他的"抱不世之奇材与不世之奇情"（《己亥杂诗》程金凤女士跋中语）。他对落花寄托了一片真情，融入了自己的身世与理想，因而定盦笔下的落花便是他自由奔放、奋发向上精神的化身。同时，他的笔下有千军万马奔腾而至的力量，这便是他的才情使然。历史上不少人虽学富五车，而到头来只能成为两脚书橱，但定盦却能将万卷诗书为我驱遣，因而无论史籍内典，一经他的手，便灵动活泼，随意挥洒而恰到好处，如此诗中诸多比喻就是这样，正似天女散花，五彩缤纷却又十分协调，读来使人目迷神摇，而领略到美的感召。

| 常州出高材 |

天下有以一篇文章而立一宗派者，那就是曾国藩的《欧阳生文集序》；又有以一篇诗歌而立一宗派者，即可推龚定盦的《常州高材篇送丁若士》。前者阐述了桐城派的形成及其流行，后者道出了常州学派各方面的成就。虽然曾氏并非桐城人，定盦也不著籍常州，但他们深受此派学问的沾溉，故对此派的来龙去脉了如指掌，如数家珍。

定盦的这首诗是为送一位常州籍的朋友丁履恒而作的，丁氏比定盦长二十余岁，然而二人却是有二十年交情的忘年交。道光七年（1827年）丁履恒五十八岁时才得了山东肥城县知县之职，就在出京赴任时定盦写了此诗送他，其中历数乾、嘉以来常州一地的人文之盛，"天下名士有部落，东南无与常匹俦"，常州为天下才人荟萃之地，定盦故极力推尊。当时的常州为江苏省八府之一，所辖有武进、阳湖、无锡、金匮、江阴、宜兴、荆溪、靖江诸县。诗中首先说自己少年时代即于外祖段玉裁的家中结识了不少常州籍学者，如臧庸、顾子述、恽敬、孙星衍、赵怀玉等人，于是喜与常州文士交往。诗中主要论常州之学的一段云：

> 乾嘉辈行能悉数，数其派别征其尤：
> 易家人人本虞氏，毖纬户户知何休。
> 声音文字各突奥，大抵钟鼎工冥搜。
> 学徒不屑谈贾孔，文体不甚宗韩欧。
> 人人妙擅小乐府，尔雅哀怨声能道。
> 近今算学乃大盛，泰西客到攻如仇。

这里短短数行，实已揭橥了常州学派的主要成就。首先是经学，常州派的经学在于两方面：虞氏《易》和公羊《春秋》。汉人传《易》学者有施、孟、梁丘、京氏四家，到了三国时期，有吴国会稽余杭（今杭州）人虞翻传孟氏今文《易》学，将八卦与天干、五行的方位相配合，推论象数，著有《易注》九卷，后人便称之为"虞氏《易》"，这种《易》学后代传之者少，至清代武进张惠言而复加钻研，发明其理，著有《周易虞氏义》《周易虞氏消息》《虞氏易礼》等，因而虞氏《易》成为常州学者研究的对象。与此相关的是对于公羊《春秋》的探究，东汉的何休所作的《春秋公羊解诂》是今文经学派留传下来的唯一著作，他结合迷信的谶纬之说，力求发现《春秋》中的"非常异义可怪之论"。这种学问在魏晋以后也很少有人问津，然而到了乾、嘉年间，武进人庄存与著《春秋正辞》，阐述公羊派的学说，又传给外孙刘逢禄，刘又著《公羊何氏释例》，大大发明了何休的理论，于是《公羊春秋》之学在常州学者中得以兴盛。龚定盦曾于嘉庆二十四年（1819年）向刘逢禄请教过《公羊春秋》之学，当时的诗云："昨日相逢刘礼部，高言大句快无加。从君烧尽虫鱼学，甘作东京卖饼家。"自注云："就刘申受问公羊家言。"可见他对常州公羊学的倾慕。总之，常州士人治经的特点在于重新发现了自东汉以来颇为沉寂的今文经学，反对东汉以后的古文经学。他们的治学方法是专求微言大义，杂采谶纬之书，力求在经典中推究出处世治学的方法。其实这种学问是对乾嘉考据学风的逆反，也是在现实危机日益深重的形势下有志之士主张经世之学的体现，所以今文经学后来成为社会改良派的思想武器。

常州学者于文字、音韵、训诂上不屑于唐代贾公彦、孔颖达等人所作的注疏，而力求从钟鼎文字中去寻找古代文字的音义。这是古人所谓的"小学"，严格说来，它也是"经学"的一个组成部分。

在散文方面，乾嘉之际常州出现了"阳湖派"古文，"阳湖派"有人认为是"桐城派"的一支，因为其代表人物恽敬和张惠言本来都擅长骈体，后来因听到桐城"三祖"之一刘大櫆的弟子钱伯坰之言而改弦更张，从事于古文创作。然而"阳湖派"古文就风格和思想倾向而言确与"桐城派"有别，他们不像桐城派的方苞、姚鼐等人那样笃守韩愈、欧阳修的古文传统而杂取周秦诸子和战国纵横家的文章，于后代的骈文辞赋也能兼容并包，故所作往往以博雅胜，不同于桐城文的简严，所以前人以为桐城派得于法，为儒者之文；阳湖派长于才，为策士之文，颇能切中肯綮。同时，常州在清代中叶还出现了骈文的中兴，除了上面所说的恽、张之外，如邵齐焘、洪亮吉、孙星衍、陆继辂、李兆洛、董祐诚、董士锡等人都是骈文名家。后来常州人屠寄选有《国朝常州骈体文录》三十一卷，可见其骈文复盛的局面。骈文家自然不崇尚韩、欧的散体古文，所以定盦的诗中说他们"文章不甚宗韩欧"，这七个字正可谓一言中的地指出了常州之文的特征，无论是"阳湖派"还是"骈文派"，在这一点上有着共同的祈向。

常州词派是继"浙派"之后在清代词坛上出现的一个最有影响的词派，"浙派"词人提倡效法南宋姜夔、张炎等人的词，追求"清空""醇雅"的风格，到了嘉庆初年，流弊益甚，张惠言欲挽此颓风，要求词能"与诗赋之流同类而风诵"（《词选序》），因而强调词的比兴，以婉约为正宗而鄙弃豪放和俚俗的词风。他与其弟张琦一起编成《词选》一部，校录唐宋词四十四家，共一百一十六首，遂风行大江南北。与张氏声气相应的还有常州籍之左辅、陆继辂、恽敬、李兆洛、丁履恒、董士锡等人，故歙县郑善文又选录张氏等九位常州籍词人之作汇为一编，后来缪荃孙也编过《国朝常州词录》，可见常州词之蔚为大观。至于属于后期常州词派的庄棫、谭献、陈廷焯、王鹏运、郑文焯、况周颐、朱孝臧等人则在定盦之后，然也可见常州词派牢笼词坛、流被广远的情形。所以定盦说常州学者人人都擅长作词（"小乐府"），且其风格高雅蕴藉，哀婉遒劲，揭出了常州词人的共同特征。

最后定盦说到了常州学者的算学成就，据《武进阳湖两县合志》载，乾嘉年间常州出了不少数学家，如马负图著《开方密率法》，庄存与著《算法约言》，汤洽名著《勾股算指》《太初术长篇》，董祐诚著《割圆连比例图解》《椭圆求周术》《三统术衍补》等。这种风气自然是泰西学风和经世学风影响下的产物，因而若有泰西客至，他们就与之一起尽心竭力地钻研数学，如攻打仇敌一般。

总之，定盦这首诗提纲挈领地说出了常州学者的成就，他自己对此也十分自负，"常人倘欲问常故，异时就我来咨诹"，俨然以掌故专家自居。故钱锺书先生的《谈艺录》中说："龚定盦《常州高材篇》可作常州学派总序读，于乾嘉间吾郡人各种学问无不提要钩玄。"则说明此诗在学术史上的特殊地位。同时，由此可见定盦自己的学问祈向，他于治经倾心公羊之学，诗词力求寓意深刻、有感而作，散文熔铸秦汉，奥衍卓荦，均与常州学者为近，因而此诗对理解定盦本人学问也有特殊价值。

诗中的数字计算

数学与诗本来是风马牛不相及的，因为数学需要的是抽象思维的能力，而诗歌需要形象的表述。然而两者也并非完全排斥的，古往今来中外诗人笔下都不乏数学的计算，如定盦的《元日书怀》一诗：

> 癸秋以前为一天，癸秋以后为一天。
>
> 天亦无母之日月，地亦无母之山川。
>
> 孰赢孰绌孰付予？如奔如雷如流泉。
>
> 从兹若到岁七十，是别慈亲卅九年。

这首诗是写失去母亲的悲痛。定盦对母亲段氏的感情很深，癸未年（1823年）七月段太夫人去世，定盦自北京奔丧回乡，居丧二年余，其间他自己曾说"居忧无诗",连诗都不写,可见其哀毁骨立的情形。至道光六年（1826年），他重又携家入京,开始了漫长的京官生涯。然失恃的悲痛在他心中留下了很深的创伤,次年的元日,他便写下了这首诗。

诗中所说的"癸秋"就是癸未之秋,指诗人的母亲去世之时,定盦以为母亲的死令天地改色,所以说癸秋之前的天与癸秋之后的天已截然不同。自癸秋之后,天上的日月星辰与地上的山川河流似乎都成了孤独者的日月与山川了。世上的一切盈虚消长瞬息万变,如雷的迅疾,如泉的奔泻,诗人感到了人生的无常与生命的短暂,可见失恃在他心理上投下的巨大暗影。

最后两句定盦自己有一个注脚:"癸未失恃,三十二岁,日者谓予当七十一岁。"有人给他算命说他能活到七十一岁,那么以此推算,和母亲共同生活的时间有三十二年,而剩下的三十九年只能孤独地生活在这无母的日月山川之中了。诗人用了一个算术题来结束全诗,虽然是简单得连小学生也都知道的,然而诗人失去母亲的悲痛于此可见,这种直截了当、简单朴素的表现方法却令人深为其诚挚的母子之情而感动,可谓言浅意深,辞淡情浓,古人说"至情无文",就是指的这种境界。

以数字的计算来表现内心,也是一种传统的诗歌创作手法,如南朝民歌中的《懊侬歌》：

> 江陵去扬州，三千三百里。
>
> 已行一千三，所有二千在。

这首诗是写旅人的心情，却仅用了一个简单的里程计算。湖北的江陵离扬州三千三百里，已走了一千三百里，还剩下两千里，这是再明了不过的事实，但在这位民间诗人的笔下我们似乎隐约看到了远离家乡的旅客心中的焦灼，以及路途遥远、历尽艰辛的情形。三千三百里之遥，虽走了那么多时日，还未曾走去一半。而对于数字的敏感，正说明他日日夜夜在盘算着这路程，将其急切的心情和盘托出。顺便可一提的是，这里所谓的"扬州"，并不是今天所说的江苏省扬州市，而是当时南朝的京城建业，即今天的南京市。

如果说这首《懊侬歌》中运用数字的手法与定盦之诗颇为相似的话，那么英国诗人霍斯曼（Housman）的诗就与它更是如出一辙了。他的《西罗普郡一少年》中之一首云：

> 樱桃树树中最娇，日来正花发枝条。
>
> 林地内驰道夹立，佳节近素衣似雪。
>
> 姑许我七十可俟，二十春已不再至。
>
> 七十中已去了廿，我只有五十可得。

若依人赏花情致，五十春殊不尽意。

　　我且去林中走走，看樱花垂垂雪厚。

　　这里引用的是著名的翻译家周煦良先生的译文。译笔流畅而富于韵味。据说周先生晚年以译霍斯曼之诗来作为英诗翻译的探索，并以此示人，他力图用较工整的句子来传达原作音调流美、格律齐整的风格。

　　这诗第二节中也以数字的计算来表明对人生短暂的感喟，"姑许我七十可俟"云云正与定盦的"从此若到七十岁"不谋而合。然这里霍斯曼所表达的是看花的浓烈情趣，体现了他对樱花的崇高赞美与对人生的热爱，而定盦则以年岁的计算来表现失恃的痛苦与对人生的悲叹，两诗的用意不同，而手法却何其相似，这说明中西诗歌的创作本身是相通的。简单纯朴的语言，直截了当的数字计算，正是诗人们表现感情的一种有效方法。它是那样明了，以致妇孺皆知，而其中却包蕴着深情。

　　定盦自己曾说："欲为平易近人诗。"（《杂诗，己卯自春徂夏，在京师作，得十有四首》）可见他的诗本有追求平易的祈向，这首诗就是一个极好的例子，大概因为母子之间的至情无须更多的夸诞修饰之辞。可惜的是定盦并没有像那位算命先生（"日者"）所说的那样活到七十一岁，而在五十岁那年就暴卒于丹阳了。

| 庄骚两灵鬼 |

定盦的诗有强烈的个性特色，但它并不是凭空而来、一无依傍的，恰恰相反，定盦的诗有着深厚的根底，他正是在广泛吸取前人经验的基础之上形成了自己的风格。然就创作精神而言，定盦与《庄子》和《离骚》最为接近，他的《自春徂秋，偶有所触，拉杂书之，谩不诠次，得十五首》中之一云：

> 名理孕异梦，秀句镌春心。
>
> 庄骚两灵鬼，盘踞肝肠深。
>
> 古来不可兼，方寸我何任？
>
> 所以志为道，澹宕生微吟。
>
> 一箫与一笛，化作太古琴。

《庄子》以汪洋恣肆、万怪惶惑的文学语言表达了深刻的哲理，他往往用形象的寓言甚至梦境的描述来说明其哲学思想，如著名的"庄周梦蝶"，因此定盦用"名理孕异梦"来概括《庄子》的文章。屈原的《离骚》是在他政治理想破灭之后所表现的忧国忧民之心，在那瑰丽奇诡的诗篇中处处印刻着他强烈的爱国热情和不改初衷的高洁品格，所以定盦以"秀句镌春心"五字来揭示屈原作品的精髓。《庄子》和《离骚》就像两个精灵，深深地盘踞在诗人心中，融化在他的笔底，成为定盦终身帅法的对象。然而，《庄子》的文章虚幻缥缈，如梦一般迷离恍恍；而屈原的《离骚》刿目钵心，以深沉的现实感见长，两者像是水火不相容的，自古以来难以二者得兼，故诗中说如今区区寸心，何以能兼容并包？但定盦也看出了庄、屈的异中之同，他们都是有感于人生而发为诗文的，而且他们的作品都富于想象和文采，具有深刻的艺术感染力。所以定盦愿能融合庄、屈，致力于深邃的大道，并以恬静天然的方式表现那微妙玄通的道理。《庄子》与《离骚》就像一支箫和一管笛，虽然各有各的音调，然而通过诗人心灵的融合与熔铸，二者合而为一，奏出了一支更加高雅而古逸的曲子，犹如箫和笛化作了太古之琴。

　　在这里定盦不仅指出了《庄子》《离骚》与自己诗歌创作的渊源关系，强调了在学习古人基础上形成自己的风格；而且提出自己追求澹宕古雅的艺术趣味。他曾说："文章天然好。"（《自春徂秋，偶有所触，拉杂书之，漫不诠次，得十五首》）又说："略工感慨即名家。"（《歌筵有乞书扇者》）都说明他不求雕章琢句，提倡真率自然的风格，这正是他得自庄、屈之处。

其实，《庄》《骚》并称也不是由定盦始的，如韩愈的《进学解》中就说过："下逮《庄》《骚》，太史所录。"韩愈所以以《庄》《骚》并称，也许在他的《送孟东野序》中可以找到答案，韩愈以为天下杰出的文辞都体现了作者心中的不平之鸣："其（指周代）末也，庄周以其荒唐之辞鸣。楚，大国也，其亡也以屈原鸣。"可见韩愈注意到了庄子和屈原都以他们的作品来表现内心的郁积，都具有深刻的现实基础。这也正是定盦对《庄》《骚》肯定的主要原因，他的《辨仙行》中说："六艺但许庄骚邻，芳香恻悱怀义仁。"庄子与屈原的作品之所以能与"六艺"相邻，就是因为他们抒发了"恻悱"之情，表现了仁义忠贞的精神，因而万世流芳，百代崇仰。可见定盦与庄、屈的感通首先在于思想感情上的共鸣，如他的《记梦七首》中说："我有灵均泪，将毋各样红。"就是他的夫子自道了。

此外，《庄》《骚》中洸汪自恣、引类譬喻、升天入地、驰骋想象的创作手法也是定盦所倾心向往的。他的不少诗写得瑰丽奇绝、变幻绚烂，富于浪漫气息，如《西郊落花歌》《能令公少年行》《汉朝儒生行》《太常仙蝶歌》以及《己亥杂诗》等都新颖奇特，色彩斑斓，足见《庄》

《骚》之影响。《己亥杂诗》末尾有"程金凤女士"跋尾一篇，其言曰：

> 天下震矜定盦之诗，徒以其行间璀璨，吐属瑰丽；夫人读万卷书供驱使，璀璨瑰丽何待言？要之有形者也。若其声情沉烈，恻悱道上，如万玉哀鸣，世鲜知之。抑人抱不世之奇材与不世之奇情，及其为诗，情赴乎词，而声自异，要亦可言者也。至于变化从心，倏忽万匠，光景在目，欲捉已逝，无所不有，所过如扫，物之至也无方，而与之为无方，此其明妙在心，世乌从知之？

这位程女士对定盦之诗作了鞭辟近理的分析，她将定盦之诗分为三个层次：第一层是其遣词造句的璀璨瑰丽，这是有形的，一般读者都可以看到；第二层是其感情的沉烈恻悱，这是寓于作品之中的，细心的读者也可以体会到它；第三层是诗人任凭心智的驱遣，无所不有而又倏忽万变的创作境界，这只有作者心知其意而世人是难以捕捉的。这种分析极为深刻，故有人怀疑"程金凤"就是定盦自己的化名，就像有人认为"脂砚斋"是曹雪芹本人的化名，用来评点自己的小说《红楼梦》一样，这种猜测不无道理，即使这位程女士不是定盦本人，也至少可谓是他的知音。上述的三个层次都可以在《庄》《骚》中找到它的源头。《庄》《骚》之词纵横开阖，浓郁沉挚，无论从文辞的绚丽、感情的内蕴，还是从变幻莫测的创作心态来看都可以说是定盦诗的先导，所以定盦也直言不讳地承认庄、屈是自己效法的对象。

在庄、屈之外，定盦也十分推崇唐代大诗人李白，然而他对李白的肯定也在于他能融合庄、屈。他的《最录李白集》中说："庄、屈实二，不可以并，并之以为心，自白始。儒、仙、侠实三，不可以合，合之以为气，又自白始也。"这一段话正可与我们上面引的那首诗相互发明。庄、屈本不相合，一为出世，一为入世，其精神自相抵牾，然李白却能通过自己的感受将两者合而为一，并融儒、仙、侠于一身，形成了其诗歌独特的风格气貌。这正是定盦所倾慕的，他也力图兼有庄、屈，熔儒、佛、道于一炉，因而视李白为极则。

定盦是成功了，他所以能成为中国古典诗苑中体现浪漫精神的殿军，正与他吸取《庄》《骚》之长处分不开的。

陶潜酷似卧龙豪

定盦己亥出都，六月中自镇江赴江阴，舟中读东晋大诗人陶潜的诗集，遂赋诗三首，揭示陶诗的内涵，成为论陶诗的名作，其言曰：

陶潜诗喜咏荆轲，想见《停云》发浩歌。
吟到恩仇心事涌，江湖侠骨恐无多。

陶潜酷似卧龙豪，万古浔阳松菊高。
莫信诗人竟平淡，二分《梁甫》一分《骚》。

陶潜磊落性情温，冥报因他一饭恩。
颇觉少陵诗吻薄，但言朝叩富儿门。

这三首诗的共同特点是肯定了陶诗豪放磊落的一面，不同于一般对陶诗的评价。自钟嵘《诗品》中称渊明为"古今隐逸诗人之宗"，后来论陶者大多偏重他放情田园、平淡闲适的一面，如苏轼说："所贵乎枯澹者，谓其外枯而中膏，似澹而实美，渊明、子厚之流是也。"（《评韩柳诗》）蔡絛《西清诗话》中说："渊明意趣真古，清澹之宗，诗家视渊明，犹孔门视伯夷也。"葛立方的《韵语阳秋》中也说："陶潜、谢朓诗，皆平淡有思致，非后来诗人忮心刿目雕琢者所为也。"都指出了恬淡真朴为陶诗不可企及之境。定盦基于他对陶诗的深入体会与他本人对人生世态的洞察，提出了自己独立的见解。

陶渊明有一首《咏荆轲》的诗，歌颂了荆轲为主复仇的侠义精神。据《史记·刺客列传》中载，荆轲好读书击剑，与燕人善击筑者高渐离友善，日饮于燕市，后来得到燕太子丹的礼遇，至秦行刺秦王，不幸未成被杀。故陶渊明的诗也写得悲壮豪放，其中说："燕丹善养士，志在报强嬴。招集百夫良，岁暮得荆卿。君子死知己，提剑出燕京。素骥鸣广陌，慷慨送我行。雄发指危冠，猛气冲长缨。"渊明完全将荆轲描写成一个侠骨义胆的豪杰之士，"恩仇"二字可以概括其所有的行为。为了报燕太子的知遇之恩而赴汤蹈火，在所不惜。定盦从渊明在此诗中所表现出来的悲壮激烈，推知他定然不是散澹恬静的人，可以想见他吟咏《停云》诗时的慷慨激昂。《停云》是渊明的另一首四言诗，诗为思亲友而作，音调铿锵，感情诚挚，故博得定盦的共鸣。然而定盒之所以对陶诗别有会心，还在于他本人的恩怨未了，定盒于此年匆遽出都，据说与仇家追胁有关，所以他感慨"吟到恩仇心事涌"，遗憾如今江湖上像荆轲这样行侠仗义的人怕已经不多了。

第二首诗进一步揭出了陶诗的豪迈情调，他借辛弃疾《贺新郎》词中"把酒长亭说，看渊明风流，酷似卧龙诸葛"的话，说明陶渊明的豪气很像诸葛亮，他的气节犹如松树与菊花一般高洁而伟大。渊明笔下有不少赞美菊花和松树的作品，如他的《饮酒》诗中就有"秋菊有佳色，裛露掇其英"一首和"青松在东园，众草没其姿"一首，专咏自己寓所前的菊和松，其《归去来辞》中也说"三径就荒，松菊犹存"，可知渊明归隐的柴桑故里大概确有菊松二物，但他如此偏爱松菊，显然是因为松菊岁寒后凋的品格，正象征着渊明自己身历晋宋易代之沧桑而犹不忘故国，不愿为五斗米而折腰向乡里小儿的高风亮节。所以定盒以为不要相信诗人那种表面的平淡闲适，其实，在陶诗中正寓有像诸葛亮《梁甫吟》和屈原《离骚》那样的情绪。

第三首则是论陶渊明的性情与胸襟，渊明有《乞食》诗写自己荒年备受饥馁之苦而向他人乞食，最后说："感子漂母惠，愧我非韩才，衔戢知何谢，冥报以相贻。"以为吃了人家的一顿饭，即使死后还是要加以报答的。因而定盒说渊明的胸怀磊落，有豪侠的气质，性情却是温厚的。诗的后两句忽然拉出杜甫来做陪衬，因杜甫的《奉赠韦左丞丈二十二韵》中曾云："朝扣富儿门，暮随肥马尘。残杯与冷炙，到处潜悲辛。"定盦以为杜甫吃了人家的酒饭，却还说"残杯冷炙"，未免刻薄，言外之意是说渊明之性情真挚诚笃有过老杜。

这三首诗，特别是前面的两首，指出了陶潜性格中豪迈侠义的一面，后人称之为"金刚怒目"，前人也曾偶有道及，如朱熹说："陶渊明诗，人皆说是平淡，据某看他自豪放，但豪放得来不觉耳。其露出本相者，是《咏荆轲》一篇，平淡底人，如何说得这样言语出来。"（《朱子语类》卷一百四十）宋代汤汉的《陶靖节诗集注自序》也说："陶公诗精高妙，测之愈远，不可漫观也。不事异代之节，与子房五世相韩之义同。既不为狙击震动之举，又时无汉祖者可托以行其志，故每寄情于首阳、易水之间。又以荆轲继二疏、三良而发咏，所谓'抚己有深怀，履运增慨然'，读之亦可以深悲其志也已。"都指出了渊明之诗于平淡的外表下实寓有悲愤慷慨之志。定盦之所以能由读陶诗而悟出此理，不仅是因为借鉴了前人之说，更重要的还在于他本人的思想经历。

定盦一生处于剑气箫心的矛盾之中，他胸怀济世救民的抱负，想建功立业，干一番千秋事业，但时时受到黑暗势力的压抑和阻碍，因而有了逃禅避世的念头，欲摆脱尘网的牢笼，在平静悠闲中度过一生。这种思想的矛盾正与陶渊明平淡中时露豪气的创作心理相契，当时洪子骏题定盦的词就说："侠骨幽情箫与剑，问箫心剑态谁能画。"就指出定盦的诗词中既有侠骨又具幽情的特征，这正是他能于千载之下成为渊明知音的真正原因。

人们往往只是凭着自己对生活的理解和对现实的认识来揣摩作者当时的心理和作品的主旨，这就是时下颇为流行的所谓"接受美学"和"阐释学"的基础。定盦对陶诗的理解正是如此，当他匆遽出都之时，颇有恩仇未了的遗恨，所以一旦见到陶诗中《咏荆轲》之类的诗作，便怅触了自己的襟怀，从那貌似平淡的陶诗中看到了种种不平之气。

| 文字狱的暗影 |

定盦有两句出名的诗："避席畏闻文字狱，著书都为稻粱谋。"(《咏史》) 虽然用以讽刺那些在清王朝高压政策下噤若寒蝉的文人，但也说明雍正、乾隆以来文字狱的血腥残酷。统治者往往寻章摘句，罗织罪名，动辄大开杀戒，那些帮凶们更是变本加厉，为虎作伥，从字缝里去寻求悖逆之语，一方面以此邀功请赏，一方面用旁人的鲜血洗刷自己。即使对已故的人们也不放松，如雍正、乾隆年间对清初诗人屈大均的构陷即是如此。

《清代文字狱档》第二册中专立有"屈大均诗文及雨花台衣冠冢案"条，其中收录雍正八年（1730年）十月十九日傅泰的《奏屈明洪缴印投监折》，中云："翁山（屈大均字）、元孝（陈恭尹字）书，文多有悖逆之词，隐藏抑郁不平之气，又将前朝称呼之处俱空抬一字，惟屈翁山为最，陈元孝间亦有之。臣观览之际，不胜骇愕发指。"其实是因为雍正在其大兴文字狱的纲领《大义觉迷录》中提到了《屈翁山集》，于是地方官惊恐万状，欲以此来脱掉关系，故傅泰对屈大均之子县学谕屈明洪的缴印投监表示怀疑，欲严加惩治而后快。至乾隆三十九年（1774年）十一月初九又有李侍尧、德保的《奏据缴屈大均诗文折》，提议将私藏《翁山文外》的屈稔涤治罪，乾隆遂责令江、浙两省严加查禁屈大均之书，因屈氏诗文中曾提到过雨花台葬衣冠之事，遂传谕两江总督高晋确访屈氏的衣冠冢，高晋也不敢怠慢，遍查雨花台一带，然屈氏衣冠冢已湮没无闻。乾隆四十年（1775年），又有德保上奏查到屈大均之墓，"请旨刨毁，仍剉其尸，以快人心，以申国法"，幸亏乾隆皇帝发了慈悲，才没有令屈氏遭到刨尸挫戮的下场，然也足见清代统治者对屈大均诗文的恐惧。

尽管清政府严令禁止屈氏之作，但还是有不怕死的人将其作品收藏起来，流传后世，所以到了道光元年（1821年），龚定盫还能见到他的诗集，并在夜间燃灯细吟，深为屈氏的高尚气节与奇诡的诗风所感动，遂写下了两首诗，题为《夜读〈番禺集〉，书其尾》：

灵均出高阳，万古两苗裔。

郁郁文词宗，芳馨闻上帝。

奇士不可杀，杀之成天神。

奇文不可读，读之伤天民。

　　定盦并没有对屈大均的作品细加评析，只是以简略概括的笔墨肯定了他的为人与文辞。由屈大均他想到了屈原，屈原字灵均，《离骚》中有"帝高阳之苗裔兮"的话，故定盦以大均和灵均并称，以为他们都是高阳氏的杰出子孙。屈大均之所以能与伟大的爱国诗人屈原比肩，不仅是因为他们同姓，而且是由于他们有着同样的爱国热忱，有为国家黎民九死不悔的献身精神。当明亡之际，大均才十五岁，清兵陷广州，他遂参加了陈邦彦、陈子壮等人发动的反清活动，后投奔永历帝，永历帝失败后，为避清廷迫害，他削发为僧，至三十二岁始蓄发归儒，他曾不避艰险，联络南北的有志之士，密谋复明。至吴三桂在云南反清，他又奔走其间，曾监军于广西桂林，不久即失望辞职，返回故乡，从此过着半隐居的生活，至死不与清廷合作。他的诗感情郁勃，意象雄奇，想象丰富，笔势开张，真可谓屈原的肖子。故卓尔堪的《明遗民诗》中说："（大均）为屈原后。少丁丧乱，长而远游。其所跋涉者秦、赵、燕、代之区，其所目击者宫阙陵寝边塞营垒废兴之迹，故其词多悲伤慷慨。"陈维崧《念奴娇·读屈翁山诗有作》也说："灵均苗裔，羡十年学道，匡庐山下。"都以为他与屈原之精神贯通。所以定盦以为他的词郁勃丰茂，可谓一代词宗，其诚挚之情可感通上帝，永葆芳馨。

　　第二首诗主要揭示了屈大均为人与作诗的奇诡，他因为与政府抵悟，故或佯狂避世，或桀骜不驯，处处表现出与常人不同的个性，相传他"盛暑着羊皮袄，狂怪不可近"（周炳曾《道援堂集序》）。其实他的怪僻行为只是对现实的不满和抗争。因此他所写的诗也变化诡异，超然独行。何曰愈的《退庵诗话》中说："翁山负奇才，不见用于时，以布衣老，感慨悲歌，宜矣。然其气韵沉雄，笔力矫健，固一世诗豪也。"所以定盦称屈大均为"奇士"。其实他并没有遭到清廷的杀戮，而诗中说"奇士不可杀，杀之成天神"，只是对清廷大兴文字狱，乱杀才学之士所作的嘲笑和鞭笞，言外之意谓奇士虽死于统治者的屠刀之下，但其气节精神长留天地之间，永远为人崇奉。屈大均的诗也不同寻常，所以定盦称之为"奇文"，它是由血泪凝成，其中充满着深沉悲恸的家国之恨与身世之感，令人不忍卒读。所以定盦说"奇文不可读，读之伤天民"。

定盦之所以与屈大均灵犀相通，就在于他自己也是一个有社会责任感的耿介之士，他不愿与官场中的庸俗之辈同流合污，颇有改革时政的抱负，虽然定盦的时代已不再有易代的悲痛和夷夏之辨等民族意识，但他的正义感令他与清初遗民产生了共鸣，这正是定盦的可贵之处，在上面两首之后，他似乎意犹未尽，又写下一首：

卷中觌幽女，悄坐憺妆束。

岂无红泪痕，掩面面如玉。

这一首诗写得更加朦胧，只是将自己的感受通过形象表现出来。在屈诗中定盦犹如看到了一位沉静的女性，她悄然独坐，不事装束，却自然而高雅。然而她也不是缺乏感情、冷若冰霜的人，她那淡淡的泪痕，说明她也有过悲愤，有过辛酸。定盦这首诗纯然用形象的描绘来代替分析和评判，他凭着自己意识与联想的流动，将读罢屈诗时一瞬的感受记录在这小诗中。翁山的诗如万壑奔涛，如勇士赴敌场，然定盦却以悄然独坐的静女来比喻它，因为在那如花似玉的容颜下也隐伏着无限的悲恸与激愤。这里定盦用了直感的批评方式，正如苏东坡在黄庭坚的诗文中品出了"蝤蛑江瑶柱"的滋味一样。但这种直感的批评有时给我们的回味超过了理性的分析，这首小诗就是如此，它比前两首更能引动我们的思绪，通过那"幽女"的形象给了我们无限遐想的余地。

定盦很少用"五绝"作诗，他所以采取这种最简短的形式来表现读屈大均诗的感受，显然是有意在躲避忌讳，正如从前向秀作《思旧赋》，刚刚开头就戛然而止一样。而且，这几首诗的遣词造句也若即若离，未直接点明屈大均的生平与作品，诗人分明在寻找一种含蓄的方式来表现自己的感受。他称屈氏的诗文为《番禺集》，也有意回避了《翁山诗外》《翁山文外》等名称，可见当时文字狱的暗影还留在诗人心中。

| 郁怒清深两擅场 |

诗人瓶水与谟觞，郁怒清深两擅场。

如此高才胜高第，头衔追赠薄三唐。

这是定盦《己亥杂诗》中的第一百一十四首，诗人自注云："郁怒横逸，舒铁云瓶水斋之诗也。清深渊雅，彭甘亭小谟觞馆之诗也。两君死皆一纪矣。"可见这首诗是为纪念两位前辈诗人舒位和彭兆荪而写的。写这首诗的契机固然是因为定盦南下时路过了彭兆荪的故乡，然而定盦的诗并不是咏怀古迹或凭吊前贤，而是对舒、彭二人的诗作了要言不烦的评论，他以"郁怒横逸"和"清深渊雅"来称赞他们各自的风格，不仅体现了他对舒、彭诗的深刻理解，而且也道出了他本人的艺术审美趣尚。

舒位，字立人，号铁云，顺天大兴（今北京城西南）人，乾隆五十三年（1788年）举人，家境贫寒，曾入云贵总督勒保幕，以诗闻名于世，法式善曾以他与王昙、孙原湘一起称为"三君"，作《三君咏》。他的诗集称作《瓶水斋诗集》，其诗奇伟恣肆，能自出新意。萧抡的《舒铁云孝廉墓志铭》云："君博极群书，好为诗，尤工歌行体，兴酣落笔，往往如昆阳之战，风雨怒号，当者无不披靡。玉川《月蚀》、昌黎《陆浑山火》不能过也。"著名诗人赵翼跋其诗也说："开径如凿山破，下语如铁铸成。无一语不妥，无一意不奇，并一字无来历。能于长吉、玉溪之外自成一家。"（梁绍壬《两般秋雨庵随笔》引）可见他的诗奇崛宏恣，横绝一世，颇有韩愈、卢仝、李贺的风调，所以定盫称之为"郁怒横逸"。

彭兆荪，字湘涵，一字甘亭，江苏镇洋（今太仓县）人，乾隆贡生，道光元年（1821年）举孝廉方正，曾为江苏布政使胡克家幕僚，晚依两淮盐运使曾燠。他精校勘，又擅长骈文，诗词并著名，著有《小谟觞馆集》。姚椿的《彭甘亭墓志铭》云："君文章鸿博沉丽，力追六朝三唐之作者，尤长于诗。始务奇瑰，晚乃益慕澄淡孙夐，深得古人意旨。中年后务观侨书，复耽竺氏籍，研究覃奥，世之为内学者莫能窥其际也。"徐世昌的《晚晴簃诗话》也云："其诗藻采似渊颖（吴莱），风骨亚青邱（高启），气局音律效空同（李梦阳）、大夏（何景明）。"可见彭氏的诗既简质清刚，又深蕴古雅，所以定盫称之为"清深渊雅"。

舒位与彭兆荪的诗虽然风韵迥异，但是他们都有强烈的个人风格，不同于那些无好无恶、千篇一律的诗作。定盦论诗也贵在本于性情，有自家面目，所以他对这两位近世前辈诗人表示了极大的尊敬。他以为若有如此高妙的才情胜过科第高中，因舒、彭二人均未中进士，所以诗人有如此的感慨，这也是对科举制度的嘲讽，因而他鄙薄唐代将进士、补阙之类的头衔追赠给那些有名的诗人。据《唐摭言》说，韦庄曾建议给生前未得进士及第的李贺、皇甫松、陆龟蒙、刘得仁、贾岛、方干等人追赠进士，并各赠拾遗、补阙等职。定盦则对此表示了不同意见，以为他们之所以流传人口是因为他们作为诗人的价值，而不在于官位的尊卑。

定盦此诗的受人重视在于他提出了"郁怒""清深"两个批评标准，而且这正是他自己所追慕的两种审美祈向。他对于"郁怒"的向往表现在其诗中屡屡喜用"怒"字，如下面的例子：

佛言劫火遇皆销，何物千年怒若潮？

《又忏心一首》

西池酒罢龙娇语，东海潮来月怒明。

《梦得"东海潮来月怒明"之句，醒，足成一诗》

叱起海红帘底月，四厢花影怒于潮。

《梦中作四截句》

徽辅千山互长雄，太行一臂怒趋东。

《张诗舱前辈游西山归索赠》

李家夫妇各一集，数典唐宋元明希；

妇才善哀君善怒，哀以沉造怒则飞。

《李复轩秀才学璜惠序吾文，郁郁千余言，诗以报之》

我们从上面这些例子中已经可以看到定盦是何等偏爱"怒"字，在上引诸句中，"怒"字往往用得十分传神，成为句中之眼。"怒若潮""怒于潮"，极言思绪之纷扰与花影之动荡，月之"怒明"，山之"怒趋"，不仅给静态的月光和山色赋予以动感，而且令客观之物象带上了强烈的主观感情色彩。他许以李学璜的诗文"善怒"，也正与称赞舒位的"郁怒"相一致，说明了他本人对此种风格的推崇。定盦是个感情丰富的人，而且生当衰世之朕兆普遍出现的社会，于是一腔郁怒不平之气自然要一吐为快，他之喜用"怒"字，便是基于这种原因。

至如"清深渊雅"，也是定盦自己所向往的诗歌风格，他的《杂诗，己卯自春徂夏，在京师作，得十有四首》中之一说到自己作诗的体会云：

> 欲为平易近人诗，下笔清深不自持。
>
> 洗尽狂名消尽想，本无一字是吾师。

定盦说自己本想写作平易近人的诗歌，但一下笔却成了含蓄古雅、清简深沉的格调，所以说"下笔清深不自持"，任凭自己费尽心机地去反复斟酌，却还是一字不可移易。可见他自己的创作也崇尚"清深"。造成他诗歌"清深"的原因可能是为了躲避当时文字狱的戕害，因而只能曲折隐晦地表现自己对现实的不满；也可能是作者留恋于文字的典雅与故实的熔铸，喜爱以不太显豁的语言来表现自己的感情；或是因为诗人的想象太丰富，思绪太敏感，故耽溺于"幽情丽想"，他说自己早年的诗"幽想杂奇悟，灵香何郁伊？"说明他喜作深沉的思考。总之，定盦的诗确实也不是那么一目了然、平易通俗的，虽然有些个别的篇章纯以民间俚俗之语出之，但他大部分的作品力求写得有深度而典雅婉曲。

因此，与其说定盦在评价舒位和彭兆荪的诗时揭出了"郁怒横逸、清深渊雅"的诗歌特征，不如说是他本人对诗歌美学所做的高度概括和平生为之孜孜以求的创作祈尚。

童心未消

英国诗人弥尔顿曾在他的名著《复乐园》中说："童年中预示了成年，就像清晨预示了白天。"说明了童年对人生的重要。后来的华兹华斯便说："孩子是成人之父。"肯定了童年在人生中的意义。因而，古往今来的大诗人都十分珍惜童年的回忆。如杜甫的《百忧集行》就说："忆昔十五心尚孩，健如黄犊去复来。庭前八月梨枣熟，一日上树能千回。即今倏忽已五十，坐卧只多少行立。强将笑语供主人，悲见生涯百忧集。"以少年时的天真健康与后来的悲忧衰飒构成鲜明对照，表现了诗人对少年时代的留恋与珍视。

对于某些东西的价值，人们往往在失去以后更能体会得到，人的童年就是如此。龚定盦的《猛忆》诗便是这种心理的体现：

狂胪文献耗中年，亦是今生后起缘。

猛忆儿时心力异，一灯红接混茫前。

　　这首诗写于作者三十六岁之时，此时的定盦已第五次会试落第，然他于经、史、小学、金石碑版无一不精，回想自己将大量的精力耗费在罗列文献、雕章凿句之上，不禁感慨系之。人已到中年，而功业未就，于是对自己朝夜孜孜的半生进行反思，深感只是徒费精力，这无非是后起的一段因缘，并非出于人生自然的天性。于是诗人猛然忆起儿时的心情，与此时备受人间坎坷、饱经世态炎凉之后的心绪已迥然不同了。只有当夜深人静，自己面对着一炷残灯发出的红红的光焰时，才又看到了纯朴混茫的童年时代。

　　人们常常将古代原始蛮荒的时期比作人类历史的童年，就因为其混然蒙昧、无争无竞的状态与孩提时的人心相似，《庄子·缮性》上说："古之人，在混茫之中，与一世而得淡漠焉。当时也，阴阳和静，鬼神不扰，四时得节，万物不伤，群生不夭，人虽有知，无所用之，此之谓至一。当是时也，莫之为而常自然。"远古之人的淡泊混沌是后人不可企及的，无论是儒家的"大同"世界，还是道家的"小国寡民"，都成了人类的理想社会。而当童年一旦过去，天真无邪的童心也就在尘事的烦扰与世情的熏染中渐渐泯灭，只有在中夜猛然心惊与睡梦的幻觉中才会偶然出现。定盦的《己亥杂诗》之一云：

少年哀乐过于人，歌泣无端字字真。

既壮周旋杂痴黠，童心来复梦中身。

诗人直言不讳地说只有少年时代才是真挚坦诚的，壮年之后，为了在官场周旋，时而假装糊涂，时而略施奸黠，湮没了自己的真情，而那纯洁天真的童心只有在梦中才偶然复现，他的另一首《黄犊谣》（一名《梦为儿谣》）中也说："昼则壮矣，夜梦儿时。岂不知归？为梦中儿。"可见他时时在梦中恢复了童心，正说明他对于童年的留恋与渴求。

《庄子》上说，南海之帝叫儵，北海之帝叫忽，中央之帝叫混沌。混沌的脸上没有眼鼻耳口等七窍。一天，儵与忽在混沌管辖的地区见了面，混沌对他们盛情款待，儵与忽很想对混沌有所报答，便为他凿七窍，每天凿一窍，七天之后七窍俱全，然而混沌却死了。庄子的意思是说人们有了智慧，受了世情的熏染，便脱离了纯朴混沌的原始状态，他意在提倡归真返璞，恢复原始初民的混沌社会，龚定盦对儿时混茫天真的向往正是崇拜自然纯朴的体现，与庄子对人类童年的企望不无相似之处。

童心的价值在于诚挚纯真，而这正是文学家所不可缺少的。明代思想解放的先驱者李贽就曾说："天下之至文，未有不出于童心焉者也。"(《童心说》)又说："夫童心者，真心也。"都以童心为人天真、纯洁的本心，它是同虚伪、庸俗、世故等相对立的。它是文学创作的一种原动力，是诗人和文学家时时都希望追寻和保持的心态。定盦的诗中说："黄金华发两飘萧，六九童心尚未消。"(《梦中作四截句》)又说："道焰十丈，不敌童心一车。"(《太常仙蝶歌》)可见他对童心的赞扬和向往。正如李贽一样，定盦以对童心的崇仰，显示了他对黑暗现实的鄙弃和批判，表现了要求冲破虚伪矫饰的传统思想的束缚。

正因为他对童心的追寻，定盦的诗词中不乏对童年的回忆，如他的《因忆两首》中就回忆了自己十三岁时从宋璠学习时的情景和八岁时住在斜街宅的生活，写来真切动人。其中说"大桡支干始，中年记忆茨"，就是说十三岁的事情如今记忆犹新，历历在目；又有句云"泥中入沧海，执笔向空追"，意谓童年一去不返，但自己还是努力用笔去追寻往昔的欢乐。最能表现出他对童年的依恋之情的，是《百字令·投袁大琴南》词一首：

深情似海，问相逢初度，是何年纪？依约而今还记取，不是前生夙世。放学花前，题诗石上，春水园亭里。逢君一笑，人间无此欢喜。(乃十二岁时情事)

无奈苍狗看云，红羊数劫，悒悒休提起。客气渐多真气少，汩没心灵何已？千古声名，百年担负，事事违初意。心头阁住，儿时那种情味。

诗人对儿时情味是无比珍惜的，他深憾成年以来"客气渐多真气少"，由于应付世情俗态，所以汩没了自己天真无邪的童心，然而诗人的心底却一直珍藏着儿时的真情，这正是定盦所以不失诗人本性的地方。从某种意义上说，童心也就是诗心，因而苏联作家康·巴乌斯托夫斯基的《金蔷薇》中说得好：

> 对生活，对我们周围一切的诗意的理解，是童年时代给我们的最大的馈赠。如果一个人在悠长而严肃的岁月中，没有失去这个馈赠，那他就是诗人或者作家。

龚定盦就是这样的诗人，他的诗之所以真切感人，就在于他心中的童心未消。

略工感慨是名家

　　龚自珍不仅是一位伟大的诗人，而且是一位出色的批评家。他关于诗歌创作的理论表现在不少论述及序跋之中，然而就诗歌而言，其中也不乏吉光片羽，言简意赅地表达了他的诗论主张，可谓以诗论诗的典型，如《歌筵有乞书扇者》：

　　　　天教伪体领风花，一代材人有岁差。
　　　　我论文章恕中晚，略工感慨是名家。

　　这诗写在一次歌舞宴会上，席中有人唱时下流行的小曲，这些曲子内容鄙俗，文字恶劣，故定盦深感不满，正好有人请他在扇子上题诗，于是便写下了以上这首七绝。定盦在这里直截了当地批评了那些俚鄙的演唱者，指责他们所唱的粗劣作品是"伪体"，并感叹人才的一代不如一代。定盦《己亥杂诗》中也曾批评那些胡乱删改前人曲子的现象，曾说："梨园爨本募谁修？亦是风花一代愁。"与此诗中的"天教伪体领风花"意思相类。

"我论文章恕中晚，略工感慨是名家"两句即体现了他对诗歌的见解。前人将唐代的诗歌分成初、盛、中、晚四个时期，一般以为盛唐是唐诗艺术的高峰，而较鄙薄中、晚唐时期的诗，如高棅的《唐诗品汇》中就以初唐为正始，盛唐为正宗、为大家、为名家、为羽翼，中唐为接武，晚唐为正变、为余响。以致明代前后七子有了"诗必盛唐"的主张。然而，定盦不同于这种传统的看法，以为中晚唐也有不少佳作，宜对此取宽容的态度。因为他衡量诗的标准不在于时代，而看它是否工于感慨。中晚唐时期社会动荡，诗人所作也较多时代气息与个人的不平之鸣，如韩愈、白居易、杜牧、李商隐，这些诗人正是定盦倾心的对象，所以他不废中晚唐之诗。

定盦提出了"感慨"二字作为论诗的标准，即要求诗有真实的感情，这种感情则来自对现实与人生的关心。他的《上大学士书》中说："有是非，则必有感慨激奋。"就强调了作者的是非爱憎之心，有爱憎始有哀乐，因而，"感慨"的背后关键在于一"情"字。定盦于道光二年（1822年）作的《歌哭》一首中表达了此种关系：

阅历名场万态更，原非感慨为苍生。

西邻吊罢东邻贺，歌哭前贤较有情。

　　写这诗的时候定盫正处于第三次会试落第之际。在阅尽名利之场
与仕宦之途的虚伪欺诈之后，他对形形色色的人物有了更深刻的认识。
他们原非为黎民百姓担忧而真有感慨，只是无病呻吟、故作牢骚而沽
名钓誉，整日送往迎来，吊丧贺喜，四处酬酢，但缺乏真诚的感情。
所以诗人说这些人不如自己的歌哭前贤，虽只是凭吊往昔，却有深沉
的感情在。定盫这首诗虽然不是专论作诗的，而是述及了处世做人的
态度。但其中视真情实感为立身根本，对文艺的创作不无指导意义。
他再次强调真切的"感慨"乃是产生于对人民（苍生）的关注，由此
可知他"有情"的真正内涵。

　　定盫以"情"作为文学创作的根本，这正是他论文的关键。他说：
"民饮食，则生其情矣，情则生其文矣。"（《五经大义终始论》）"情"
是根植于民众的生活之中的，并由此而产生了文学。这种主张显然与
理学家所谓的"存天理，去人欲"的主张是针锋相对的。因而他提出
了"宥情"之说。定盫有《宥情》一篇，其中通过甲、乙、丙、丁、
戊五人的辩论，指出"情"之存在的合理性，感情是人所以区别于铁牛、
土狗、木偶等物的标志，而且他直言不讳自己从小就有情欲"沉沉而
来袭心"，并以为这种情欲来自人的本性，故不应加以排斥而宜取宽恕

的态度，这就是"宥性"说的立论基础。从而他又提出"尊情"的主张，其《长短言自序》中说：

> 情之为物也，亦尝有意乎锄之矣；锄之不能，而反宥之；宥之不已，而反尊之。龚子之为长短言何为者耶？其殆尊情者耶？

"尊情"是定盦论文学的核心，因而他提倡诗文要发自肺腑，它是一种不得不发、不吐不快的真实情感的表露。如果心无所感而强为之言，那么最终不过是言不由衷的虚伪之作，或是人云亦云、没有个性的文字，这样的作品连作者自己也不知所云，怎么能去打动别人呢？他曾有一篇《书汤海秋诗集后》，就是借对当时诗人汤鹏之诗的褒扬而说明诗须表现个性，不失个人的真感慨、真性情。他称赞古往今来有成就的诗人如李白、杜甫、韩愈、李贺、李商隐、吴伟业等人"诗与人为一，人外无诗，诗外无人，其面目也完"。在定盦看来，诗应该和人是一致的，它是人的个性、思想与人格的再现，从而提出了"完"的批评标准：

> 何以谓之完？海秋心迹尽在是，所欲言者在是，所不欲言而卒不能不言在是，所不欲言而竟不言，于所不言求其言亦在是。要不肯采撷他人之言以为己言，任举一篇，无论识

与不识，曰：此汤益阳之诗。

可见定盫十分强调诗歌创作中的艺术个性，艺术个性的完美、鲜明与否，是衡量诗艺的最重要的标准，而艺术个性的形成完全依赖于真诚的感情。

定盫自己的诗词，其实便是他文学主张的最好体现，他说自己"情多处处有悲欢"，又说自己的诗"歌泣无端字字真"，可见其创作完全基于真情与亲身感受。他的《题〈红禅室词〉尾》三首之一云：

> 不是无端悲怨深，直将阅历写成吟；
> 可能十万珍珠字，买尽千秋儿女心。

《红禅室词》是定盫早年词集的名称，后改为《无著词》，其中所作绝非无病呻吟，而是将自己的亲身阅历倾注在创作之中，因而定盫坚信他的词字字血泪，字字珠玑，能博得千秋万代少男少女们的同情与心爱。事实也正如他所预料的那样，定盫的诗词在后世广为流播，传诵入口，其原因就在于它们是以血泪吟成的，寄寓了诗人深切的感慨，为苍生，为国家，为朋友，为所爱，也为他自己。

| 但开风气不为师 |

河汾房杜有人疑，名位千秋处士卑。

一事平生无龂龋，但开风气不为师。

定盫是开近代学风的人。他在上述这首诗中表示了这样一个平生恪守的信条："但开风气不为师。"这不仅是他行己处世的原则，而且是充满信心的自我估价。

隋朝的王通是山西龙门人，他曾西游长安，奏太平十二策，知谋不用，遂退居河、汾之间（今山西省西南部），聚徒讲学，据说门徒达上千人，其中不少后来成为唐朝的开国功臣，如房玄龄、杜如晦、魏征、薛收等，称为"河汾门下"，身后门人私谥为文中子。他有《中说》

（又称《文中子》）一书传世，后人称之为"隋末大儒"。然而，自宋以来就有人怀疑房玄龄和杜如晦未必出其门下，如司马光的《文中子补传》中说："其所称朋友门人，皆隋唐之际将相名臣……考及旧史，无一人语及通名者。隋史，唐初为也，亦未尝载其名于儒林、隐逸之间。岂诸公皆忘师弃旧之人乎！何独其家以为名世之圣人，而外人皆莫知之也？"朱熹也说："其间子弟问答姓名，多是唐辅相，恐亦不然。盖诸人更无一语及其师。"他们的依据是因为这些名人的史传上都没有记载出于王通门下的情况。定盦却一针见血地指出，人们之所以怀疑王通曾为房、杜之师，无非是因为房、杜等人为唐初勋臣、封侯拜相，位极人臣，如房玄龄任宰相十五年，杜如晦封莱国公，都是名高一时、流芳千秋的人物，而王通只是一介书生，卑微的处士。正是有感于这样的事实，所以定盦抱定了自己的人生准则，任何人也不能说服和加以破坏：仅以著述来开启一代学风而不招收门徒。定盦所以如此坚定地恪守这一信条，不仅由于自己沉沦下僚，没有很高的社会地位，而且也有鉴于立宗立派者的遭人指摘，所以不愿假人以口实。定盦的这首诗作于己亥年（1839年）自北京南归的途中，诗人既表示了对社会与人生的愤懑，同时也体现了对自己学问的自负与自信。

定盦的预言是有力的，他终究在中国近代史上留下了不可磨灭的影响，成为一位开创一代风气的人物。

首先，定盦的影响表现在学术思想方面，他生当嘉、道之间，国家的危机、现实的腐败已使乾嘉考据学风不能适应时代的需要，因而有识之士奋起改革时弊，寻求疗救之方，于是经世治用的实学代替了钻研故纸的风气。定盦在这种学风的转变中实起了积极的倡导作用。他的朋友张维屏曾说："近数十年来，士大夫诵史鉴、考掌故，慷慨论天下事，其风气实定公开之。"到了梁启超更说："当嘉道间，举国醉梦于承平，而定盦忧之儳然若不可终日，其察微之识，举世莫之及也。生网密之世，风议隐约，不能尽言，其文又瑰玮连犿，浅学或往往不得其指之所在。虽然，语近世思想自由之向导，必数定盦。吾见并世诸贤，其能为现今思想界放光芒者，彼最初率崇拜定盦，当其始读定盦集，其脑际未有不受其激刺者也。"（《论中国学术思想变迁之大势》）又说："晚清思想之解放，自珍确与有功焉。光绪间所谓新学家，大率人人皆经过崇拜龚氏之一时期。初读定盦文集，若受电然。"（《清代学术概论》）可见定盦在近代思想解放运动中实有开启之功。

其次，定盦的社会政治学说对后来改良派的政治主张起了先导作用。定盦凭着他对现实的体察和对古代历史的研讨，在当时表面的盛世之中看到了潜伏的危机，于是要求改革政治，稍后的康有为等人主张维新，就曾吸收了定盦关于"更法""改图"等思想，康氏的《新学伪经考》中说："吾向亦受古文经学，然自刘申受、魏默深、龚定盦以来，疑攻刘歆之伪作多矣！吾蓄疑于心久矣。"可见今文公羊之学所以成为他后来提倡变法的理论依据，与刘逢禄、魏源、龚自珍等人的学说不无关系。如康氏提出废除八股、不拘资格提拔人才、反对妇女缠足等都可以在定盦的诗文中见其滥觞。梁启超说龚氏："往往引公羊义讥切时政，诋排专制。"（《清代学术概论》）也肯定了龚氏的社会学说。

定盦在文学上的影响就更为显著，尤其是他的诗，在一个多世纪以来广泛受到人们的喜爱与模仿。特别是对近代的"诗界革命"和"南社"诗人曾起过积极的作用。

"诗界革命"的巨子是黄遵宪、康有为、梁启超等人。黄遵宪要求诗歌表现个性，不宜因袭陈言而提倡"我手写我口"，都与定盦的论诗主张相近。黄氏曾作《己亥杂诗》四十七首，也分明得自定盦同名之作的启发。黄诗的遣词造句也明显地带有定盦影响的痕迹，所以陈衍曾说过时人都以为黄遵宪"濡染定盦"（《石遗室诗话》）。至如康有为之诗与龚诗的血缘关系就更加密切，如康有为的《读史记刺客列传》中"泉明诗咏慕荆轲"一句显然出于定盦的"陶潜诗喜咏荆轲"（《己亥杂诗》）；与《出都留别诸公》中"高峰突出诸山妒，上帝与言百鬼狞"也出于定盦"一山突起丘陵妒，万籁无言帝坐灵"（《夜坐》）；其《己丑上书不达，出都二首》中"落魄空为梁父吟，英雄穷暮感黄金""虎豹狰狞守九关，帝阍沉沉叫不得"，也袭用定盦《己亥杂诗》中"英雄迟暮感黄金"与"虎豹沉沉卧九阍"之句，可见康氏之诗从思想、意境，到风格、用语都深受龚诗影响。梁启超也有"息壤飘零君莫问，今番重定定盦诗"之句（见《饮冰室诗话》），也说明他对定盦诗的推重。

　　"南社"诗人鼓吹革命，要求以传统的形式而载以新的内容，故对定盦之诗有特殊的爱好。如柳亚子说他"三百年来第一流，飞仙剑客古无俦"（《定盦有三别好诗，余仿其意作论诗三截句》）；姚锡钧说他"艳骨奇情独此才，时闻謦欬走风雷"（《论诗绝句，龚定盦璱人氏》），都可见他们对龚诗的推重，以致当时学摹龚诗、以龚诗集句蔚然成风。

　　总之，定盦实现了他自己的诺言："但开风气不为师。"无论作为他自己的评价还是作为历史的评价对于他来说都是恰当的。特别是在古典诗史中，定盦像一片落日的余晖散作绮霞，给人以无限的美感与遐思；像一曲最后的高歌，响遏行云，余音绕梁；像一朵傲霜的秋菊，虽然预示了群芳的摇落，却令人想起那美好的春花秋月。在他之后，古典诗歌中几乎已没有再可与他匹敌，或能上继李、杜、苏、黄的巨子了。他像一颗夜空中的陨星，打破了明清以来诗坛的沉寂，也像一颗东方拂晓时的启明星，预示了新时代诗歌的诞生。